참 눈치 없는

언어들

참 눈치 없는

언어들

알쏭달쏭하다가 기분이
묘해지고 급기야
이불킥을 날리게 되는 말

안현진
지음

월요일의꿈

목차

1장. 생각할수록 참 눈치 없는 말

2장. 알고 보면 참 눈치 없는 말

4장. 눈치 없이 유행만 따르는 말

5장. 눈치 없이 가치를 몰랐던 말

잘 못 들었습니다

"잘 못 들었습니다?"

이 말에 무언가 기묘한 향수(?)를 느끼는 사람은 30대 이상의 한국 남성일 것이다. 이 말은 군대에서 상대방의 말을 잘 이해하지 못했을 때 또는 반문하기 위해 쓰는 말이다. 그리고 내가 군대에 갔을 때 가장 적응하기 어려운 화법 중 하나였다.

회사나 학교를 비롯해 어느 조직이든 간에 그곳에서만 통용되는 고유한 화법이 있다. 군대는 굳이 설명하지 않아도 일반적인 조직과는 사뭇 다른 화법을 사용해야 하는 곳이다. 대표적으로 모든 말의 어미를 '다나까'로 처리

해야 한다. 그래서 많은 훈련병들이 처음에 '다나까' 어투에 적응하지 못해 곤욕을 치르곤 한다. 특히, 어떤 지시나 명령을 잘 알아듣지 못한 상황에서 사회인일 때 말하던 대로 "네?"라고 반문하여 지적당하는 것은 훈련병이라면 누구나 한번쯤 겪는 일이다. 지금은 많이 바뀌었다고 듣긴 했는데 내가 군 복무를 할 당시에는 무조건 "잘 못 들었습니다"라고 말해야만 했다.

군 생활이 길어질수록 입에 붙고 또 붙어 나중에는 '잘 못 슴돠-' 정도로 발음하게 되는 이 말이 처음에는 입에 잘 붙지 않아 꽤 고생했던 기억이 난다. 나만 고생이었던 것은 아니었는지 훈련소에서 어느 날 동기들과 이 '잘 못 들었습니다'에 대해 성토했던 일이 아직도 생생하다. 그때 누군가 '다시 한번 말씀해 주십시오' 등 다른 문장도 있는데 왜 꼭 '잘 못 들었습니다'라고 해야 하냐는 질문을 던졌고, 한 친구가 아주 의미심장한 의견을 제시했다.

'다시 한번 말씀해 주십시오'와 같은 문장은 어떤 말을 잘 알아듣지 못한 것의 원인을 화자에게서 찾는다는 것이다. 반면, '잘 못 들었습니다'는 화자는 똑바로 말을 했는데 청자, 즉 나의 부족함으로 인해 잘 알아듣지 못했다는 의미라는 것이다. 꽤 그럴듯한 해석인데, 제대한 이후 학교나 회사에서 대화를 하다가도 내가 잘 못 알아들은 것 같은 순간 즉 나에게 귀책이 있다고 느낄 때는 "잘 못 들었어"라고 말하고, 상대방의 말이 너무 어렵게 느껴지거나 헷갈릴 때에는 "다시 한번 말해 줘"라고 말하는 경향이 생기게 되었다.

이런 관점에서 보면 확실히 상명하복이 필수적인 계급 체계가 중요한 군대에서는 커뮤니케이션 중 오류가 발생했을 때 그 원인을 메시지 수신자에게서 찾는 듯하다. 그런데 사실 이러한 점은 군대를 넘어서 우리 사회 전체의 특징이기도 하다. 이를 단적으로 보여 주는 격언 아닌 격언이 바로 '개떡같이 말해도 찰떡같이 알아들으라'라는 것이다.

그러나 나는 메시지를 오해하는 것이 꼭 수신자의 잘못이라고 생각하지 않으며, 단순히 어휘를 조금 더 섬세하게 사용한다고 해서 오해가 줄어들 것이라고도 믿지 않는다. 분명히 메시지 수신자 측면에서 오해가 발생하는 경우도 있겠지만, 메시지 발신자가 발화를 잘못했을 수도 있고, 메시지 자체가 모호할 수도 있으며, 메시지 발신자 스스로도 깨닫지 못하는 무의식적인 실수 등으로 인해 오해가 발생하기도 한다.

나는 여러 조직을 거치며, 많은 말에 부딪혀 왔다. 몇 몇 말은 비수처럼 날아와 내 마음에 생채기를 내기도 했 고, 또 어떤 것은 곱씹으면 곱씹을수록 우울감이나 분노 같은 부정적인 감정을 불러일으키기도 했다. 반면, 무심 코 스쳐 지나갔지만 돌아보니 삶의 따뜻함을 다시금 느끼 게 해 준 말들도 있었다. 나는 이런 말들의 실체를 오래도 록 고민해 왔다. 메시지 발신자의 입장에서 그 의도를 가 늠해 보기도 했고, 메시지 수신자로서 발신자와의 관계에 따라 다르게 느껴지는 말들의 차이를 비교해 보기도 했 고, 시대적 환경이랄지 시기적 유행이랄지 조금 더 거시적 인 관점에서 말들의 진의를 파악해 보려고 노력하기도 했 다. 이렇게 모아온 말의 조각에 대한 이야기를 나누고 싶 다. 내가 모은 말들은 모두 내가 몸소 경험한 바에서 비롯 된 것들이다. 도대체 그 실체를 알 수가 없고 알쏭달쏭하 여 밤에 잠 못 들게 했던 말들을 모아둔 《참 눈치 없는 언 어들》을 읽으며 우리가 하고 듣는 말에 대해 함께 생각을 나눠 보고자 한다.

이 책에서는 텍스트, 즉 말 그 자체에 대해 돌아보는 생 각을 나누기도 하지만, 말을 둘러싼 맥락, 즉 콘텍스트 까지 고려해 이해해 보고자 한다. '아 다르고 어 다르다'

는 말이 있다. 이 속담은 보통 말을 조금 더 섬세하고 유의 깊게 해야 한다는 뜻으로 쓰이지만, 나는 이것을 조금 비틀어 생각해 보고 싶다. 같은 말이라도 '아 다른 상황과 어 다른 상황'에서 전혀 다르게 들릴 수 있다. 그렇기에 《참 눈치 없는 언어들》에서는 우리가 흔히 쓰는 말의 입장을 바꿔 보기도 하고, 새로운 관점에서 살펴보기도 할 것이다. 그리고 그 여정에서 우리 주변의 말들을 이해하고 해석하는 폭을 넓혀 가고자 한다.

1장. 생각할수록

참 눈치 없는 말

01

나
도

그
랬
다

최근 들어 다시 한번 돌아보게 된 말이 있다. 바로 '나도 그랬다'라는 말.

우리는 이 말을 보통 상대방을 위로하려는 목적으로 건넨다. 당신이 겪고 있는 그 상황을 나도 유사하게 겪어 봤고, 지금 당신의 심정을 충분히 이해한다는 의미로 말한다. 나 역시 이 말을 위로의 마음을 담아 제법 많이 했던 것 같다. 나는 최근까지 누군가 어려움을 겪는 부분을 털어놓으면 어떻게든 위로가 되어 주고 싶다는 당찬 포부를 갖고 있었고, 자연스레 어떻게 하면 위로를 잘할 수 있을지 많이 고민했다.

위로의 시작은 공감이라고 한다. 특별한 해결책을 제시하는 것보다는 상대의 처지를 이해하고 그 처지에 공감해 주는 것이 중요하다는 의미다. 그래서인지 꽤 많은 사람이 타인이 어려움을 털어놓으면 자신이 그와 유사한 어려움을 겪은 적은 없는지 떠올리며 "나도 그랬다"라고 말하곤 한다. 나 또한 '나도 그랬던 적'을 생각해 보며 상대방의 어려움에 공감하려고 노력했다.

그런데 이 '나도 그랬다'라는 말이 정말 위로가 될까?

이 의문은 요가 수련을 하면서 문득 떠올랐다. 요가를 오래 수련하면서 고난도 아사나(Asana, 인도어로 '앉는다'라는 뜻으로 다양한 요가 동작 및 자세를 총칭하는 단어)를 해보고 싶다는 욕심은 점점 커지는 데 반해, 내 몸의 성장은 너무나 더뎌 답답할 때가 많았다. 그럴 때 선생님들께 조언을 구하면 대부분 대답이 비슷했다.

"저도 그랬어요. 처음엔 다 그래요. 시간이 지나면 다 돼요."

처음에는 고개를 끄덕였지만, 매번 이렇게 비슷한 대답을 듣게 되니, 뭐랄까 영혼이 없게 느껴졌다. 나중에는 정말 나와 비슷한 상황을 거치셨던 것인지 의문이 들기도 했다. 선생님 자신도 그랬다고 말씀은 하시지만 실제로 선생님은 나보다 태생적으로 유리한 신체 조건을 타고났던 것은 아닐까? 어려운 동작을 저렇게 우아하게 해내는 선생님이 정말 나처럼 뻣뻣했을까?

내가 정말 위로를 받았던 말은 '나도 그랬다'는 말이 아닌 '도와주겠다'는 말이었다. 2020년 하반기 약수역 모처에 있는 요가원에서 지도자 과정을 들었다. 지도자 과정까지 이수하고 있는데 몸이 뜻대로 움직이지 않아 무척 답답해하던 어느 날, 숙련자 대상 수업을 진행해 주시는 예진 선생님의 수업을 들은 뒤 성장이 너무 더딘 것 같다고 털어놓았다. 돌이켜보면 그즈음에는 내 고민에 대한 뾰족한 답이나 특별한 위로는 이미 포기한 상태였던 것 같다. 그런데 예진 선생님의 따뜻한 말씀은 나에게 그 어떤 말보다 큰 위로로 다가왔다.

"몸은 결국 반복입니다. 처음 시작하셨을 때는 아마 몸이 굳어 있어서 더 빨리 풀리는 느낌이 들었겠지만, 지금은 전보다 좋아진 상태니까 더 좋아지려면 시간을 두고 지켜봐야 할 것 같아요. 답답한 마음이 있을 수 있습니다. 하지만 남을 의식하지 말고, 처음보다 좋아진 본인을 바라보세요. 지금 너무 잘하고 계신 것 같아요. 더 좋아질 겁니다. 많이 도와드릴게요."

흔히 위로의 정석이라는 '나도 그랬다'라는 말은 한 마디도 없었지만, '많이 도와주겠다'라는 말에 큰 위로를 받았던 기억은 아직까지 생생하다. 돌이켜보건대, 많이 도와주겠다는 말에 위로를 받았던 까닭은 더 성장하고 싶어 하는 나의 욕심과 의지를 인정하고 수용해 주셨기 때문이 아닌가 싶다. 많은 사람들이 '위로'에는 공감이 중요하다고 한다. 그러나 공감에 선행하는 것은 인정과 수용이 아닌가 싶다.

이런 경험도 있다. 최근에 내가 개인적으로 진행해 보려고 하는 해외 유통 프로젝트가 하나 있다. 이 분야에서 잔뼈가 굵은 친구를 찾아가 많은 조언을 구했다. 아무래도 나는 해외 유통이 처음이다 보니 모든 것이 막막했는데, 친구는 이런저런 조언을 건넨 뒤 말을 덧붙였다.

"나도 그랬어. 그런데 사실 별거 아냐. 지금 생각해 보면 그냥 하면 되는 일이었던 거지."

무척이나 따뜻한 톤으로 건넨 응원이었지만, 나는 오히려 자신감이 떨어지는 것만 같았다. 나도 정말 친구처럼 모든 과정을 다 거치고, 고난을 이겨 내고 잔뼈가 굵어질 수 있을까? 과연 내가 잘해 낼 수 있을까? 친구가 차근차근 알려 준 조언들은 머리로는 이해했지만 내가 직접 해야 한다고 생각하니 엄두가 나질 않아 부담이 가득했는데, 심지어 나는 잘할 것이라 믿어 의심치 않는다는 친구의 응원까지 들으니 부담감은 더 커지기만 했다.

많은 사람이 자신이 과거에 경험했던 바를 토대로 타인을 위로하려고 한다. 그런데 여기에는 큰 맹점이 있다. 일반적으로 사람들은 과거에 힘들고 어려웠다는 객관적 사실 자체는 100퍼센트 기억하지만, 그 당시에 경험했던 힘듦과 아픔의 강도에 대해서는 잘 기억하지 못한다는 것이다. 이것은 실제로 심리학에서 개념화한 현상인데, 이를 '공감 간극 효과Empathy Gap Effect'라고 일컫는다. '공감 간극'이란 인간의 인지적 편향을 의미한다. 쉽게 말해 과거의 어려움을 실제 겪었던 것보다 훨씬 수월했던 것으로 미화시키는 것이다. 생각해 보면 이 현상은 실로 무서운 것이다. 힘듦을 이겨낸 사람이 힘듦을 겪어 보지 않은 사람보다 더 냉소적인 태도가 된다는 뜻이 될 수 있기 때문이다.

　이런 생각을 한 이후로는 '나도 그랬다'라는 말을 쉽게 할 수 없게 되었다. 정말 나도 그랬을까? 내가 힘들었던 것은 맞지만, 나도 '그만큼', '그런 강도'로 힘들었던 것일까? '나도 그랬다'라는 말은 어쩌면 위로는커녕 상대방을 더 어려움에 빠뜨리는 말일지도 모르겠다.

02

괜
찮
겠
어
?

"괜찮겠어?"

나는 이 말이 정말 이상하다고 생각한다. 나의 기분이나 상태가 괜찮냐고 물어보는 것 같은, 그리하여 나를 배려하는 것처럼 보이는 이 말을 들을 때면 왜인지 참 솔직하지 못한 말이라는 느낌을 지울 수 없다.

내가 예전에 만났던 친구가 이 말을 습관적으로 사용했다. 여느 직장인 연인들이 그렇듯 수요일, 목요일쯤 그러니까 평일 중 업무 피로도가 최고조에 다다랐을 즈음에 있었던 일이다. 그녀도 나도 며칠째 고된 업무로 지쳐 있었는데 평소처럼 하루 종일 틈틈이 카카오톡으로 연락을 주고받으며 조금만 더 힘을 내자고 서로를 다독였다. 폭풍처럼 쏟아지던 업무를 어떻게든 쳐내고 퇴근할 무렵이 되어, 본래는 바로 집에 가서 쉬려고 했으나 여자친구를 만나면 기분 전환이 될까 싶어 가볍게 저녁을 먹자고 말을 꺼냈다. 그녀의 직장 근처로 내가 이동하겠다는 말을 덧붙이면서.

그녀는 "피곤할 텐데 괜찮겠어?"라고 대답했다. 그날따라 나는 이 대답이 상당히 솔직하지 않게 느껴졌고, "나는 괜찮은데, 너는 어때? 나보다 네가 괜찮은지 안 괜찮은지 말해 줬으면 좋겠어"라고 질문을 던졌다. 이윽고 그녀로부터 돌아온 대답은 "솔직히 오늘은 피곤해서 그냥 집에 가고 싶어"였다. 만약 그녀가 나에게 "괜찮겠어?"라고 물어보기 전에 "나는 오늘 괜찮지 않아"라고 자신의 상황을 먼저 솔직하게 털어놔 줬다면 더 좋았을 것이다.

'괜찮겠어'라는 말과 유사한 말이 '바쁜데 뭐하러'이다. 누군가 호의를 베풀었을 때, '바쁜데 뭐하러', '안 그래도 되는데 괜히'와 같은 말을 사용하며 고마움을 표현하는 사람들이 있다. 그러나 이런 말은 정말이지 불필요하다. 호의를 베푸는 사람 입장에서 이런 말은 전혀 환영할 만한 것이 아니며, 오히려 솔직하게 고맙다고 말해 주는 것이 훨씬 낫다. 만약 호의를 베푸는 사람이 생색을 낼까 지레짐작하여 그러는 거라면, 생색을 내는 것을 확인한 다음에 그렇게 말해도 늦지 않을 텐데 말이다. '바쁠까 봐'라고 말을 하는 사람도 있다. "네가 바쁠까 봐 먼저 연락을 못했어" 같은 말만큼 허울 좋은 말도 없다. 상대방에게 먼저 연락하지 못했던 미안함을 상대방의 입장을 고려하여 일부러 연락하지 않은 배려로 탈바꿈시키는 말이다.

때때로 사람들은 고마움을 표현해야 하거나 거절을 해

야 하는 순간, 거절에 대한 자신의 미안함을 상대방에 대한 배려로 탈바꿈시킨다. 충분히 그럴 수 있다. 나에 대한 타인의 호의를 거절하는 것은 결코 쉬운 일이 아니다. 그러나 이런 말은 너무나 유치하고 솔직하지 못한 언어이다. 마셜 로젠버그가 주창한 '비폭력 대화법'의 핵심은 자신의 욕구를 드러내며 발화하는 것이다. 자신의 욕구는 감춘 채 상대방을 살펴 주는 척하는 대화는 진정한 배려가 아니다. 진정한 배려는 미안함이든 감사함이든 자신의 마음을 솔직하게 표현하는 것에서 시작한다.

03

고집이 세다

다른 사람에게 고집이 세다고 말하는 사람의 고집은 얼마나 셀까? 가끔 다른 사람에게 '고집이 세다'는 말을 쉽게 하는 사람을 볼 때가 있다. '고집이 세다'는 말은 칭찬과는 거리가 멀다. 그래서 '고집이 세다'는 묘사에는 으레 '그래서 답답해'라는 말이 따라붙는 경우가 많다. 그런데 이런 말을 들을 때마다 항상 궁금해진다. 그렇게 말하는 사람의 고집은 얼마나 셀까? 개인적으로 다른 사람에게 고집이 세다고 말하는 사람의 고집이 세상에서 제일 센 것 같긴 한데 말이다.

　우리는 보통 어떤 상황에서 다른 사람을 보고 '고집이 세다'고 말할까? 크게 세 가지 경우가 있는 듯하다.

　첫째, 상대방이 의견을 잘 바꾸지 않을 때 '고집이 세다'고 말한다. 그런데 이것은 지극히 자기 중심적인 관점이다. 다시 말해, 상대방이 의견을 바꾸지 않는 것이 아니라 자신의 의견이 받아들여지지 않을 때 '고집이 세다'는 말을 하게 되는 것이다. 이것은 어찌 보면 자신의 논리가 타당하지 않고 설득력이 부족한 것을 타인에게 귀책하는 것과 다르지 않다. 우리 모두는 성인이며 각자의 논리와 근거를 갖고 살아간다. 그리고 이렇게 나름의 논리와 근거를 갖춘 생각은 (당연히) 쉽게 변하지 않는다. 또 다른 합리적인 논리와 근거를 갖춘 생각과 마주했을 때나 바뀔 여지가 있는 것이다.

이렇게 생각해 보면, 다른 사람이 고집이 센 것이 아니고 나의 설득력이 부족하다는 이야기 같다. 맞다. 바로 그거다. 우리가 누군가를 보고 고집이 세다고 할 때는 대개 이런 경우이다.

둘째, 그런데 정말 타당한 논리와 근거를 갖춘 생각을 제시했는데도 의견을 바꾸지 않는 사람이 있다. 이런 경우는 상대방의 이해력이 떨어진다고 볼 수 있다. 타당한 논리와 근거를 제대로 이해하지 못하기 때문에 자기 의견을 고수하게 되는 것이다. 이것은 전혀 잘못이 아니다. 부족한 이해력은 많은 이유에서 비롯된다. 대화의 주제에 대한 배경지식이 부족하거나 그냥 인생의 경험이 부족해서일 수 있다. 이런 이유로 상대방이 이해를 못하는데, 그것을 '고집이 세다'는 말 한 마디로 '퉁쳐' 버리는 것이 과연 바람직한 행동일까? 결코 아닐 것이다.

상대방이 이해를 잘 못하는데, '고집이 세다'는 언어적 폭력을 행사하는 사람은 매우 불친절하며 상대방을 양해하거나 상대방의 이해를 도우려는 의지가 없는 사람이다. 이런 경우, 상대방이 정말 이해가 되지 않아 어떤 질문을 던지더라도, 귀찮게 느끼며 건성으로 듣고 질문을 다 듣지도 않은 채 다 아는 것처럼 지레짐작하기 일쑤다.

마지막으로, 듣는 사람 입장에서 자신을 설득하려는 상대방의 의견이 충분히 논리적이고 잘 이해가 되는데도 불구하고 결과적으로 설득되지 않는 경우가 있다. 그냥 그 사람이 싫은, 정확히 말하면, 싫다기보다 그 사람의 말에 설득되고 싶지 않은 것이다.

어떤 상황일 때 그 사람의 말에 설득되고 싶지 않을까? 서로 악감정이 있는 상황, 즉 감정적인 상황에서 그럴 수 있겠다. 그러나 한 가지 더 심각한 상황이 있다. 설득을 시도하는 사람이 과도하게 권위적인 경우이다. 적당한 권위는 설득에 품격을 더해주지만, 과유불급이라는 만고불변의 진리가 있듯 타인을 존중하지 않는 과도한 권위는 설득에 대한 반발심만을 불러일으킬 뿐이다.

'고집이 세다'는 게으른 문장이다.

정리하자면 누군가를 '고집이 세다'고 말하는 것은 그 안에 있는 복잡한 맥락을 굉장히 간편하게 덮어 버리는 대단히 게으른 언어 사용이다. 누군가가 '고집이 세다'고 느껴지는 것은 다음 세 가지 경우 중 하나일 확률이 매우 높다.

1)나의 설득력이 부족할 경우이거나, 2)상대방의 이해력이 부족한데 그것을 양해하고 더 노력할 의지가 없는, 즉 불친절한 경우, 또는 3)상대방과 서로 악감정이 있거나 내가 너무 권위적이어서 상대방이 내 말에 귀 기울고 싶지 않은데 그것을 눈치 채지 못하는 경우.

나는 별로 고집이 센 사람이 아니다. 그럼에도 불구하고 몇 번 고집이 세다는 말을 들은 적이 있다. 그럴 때마다 의문이 들어 주변 지인들에게 자문을 구해 봐도 딱 부러지게 내가 고집이 세다고 단언하는 사람은 없었다. 그래서 곰곰이 생각해 본 결과 놀라운 사실을 발견했는데, 내가 고집이 세다는 말을 들은 상황들에는 공통점이 있었다. 바로 위 세 가지 경우의 수 중에서 두 번째와 세 번째가 묘하게 혼재된 그런 상황이었던 것이다.

상당히 권위적인 모습을 보이는 누군가가 나를 어떤 방향으로 설득하려 하는데 나는 그 설득 논리를 완전히 이해하지 못해 질문을 던질 때, 그들은 나에게 고집이 세다고 말했다. 한번 더 생각해 봐도 내가 배경지식이 부족한 탓인지 그들의 논리를 잘 이해하기 어려워 최대한 정중하게 다시 한번 질문을 던졌다.

"선생님 말씀은 대략 이해했습니다만, 제가 하나 이해가 안 되는 점은…"

이렇게 질문을 두 번 정도 던지면 십중팔구 그들의 대답은 "고집이 세네"였다. 그것도 아주 권위적인 톤앤매너로. 혹자는 그냥 이런 상황에서는 "네-"라고 대답하고 넘어가라고 말한다. 그러나 그렇게 하고 말아 버리기에는 나의 시간이 너무나 소중하다. 나는 아직 부족한 점이 많은 사람이기에 나보다 뛰어난 사람을 보면 하나라도 더 묻고 배우고 싶다.

내가 생각하는 배움은 내가 이해하지 못하는 말을 머릿속에 억지로 욱여넣는 것이 아니다. 모르는 것, 납득이 되지 않는 것이 나타나면 무조건적으로 받아들이기보다 당당하게 질문하는 것이야말로 배움의 시작이 아닐까. 그리고 그렇게 배우려는 사람을 볼 때 귀찮아하지 않고, 배우려는 사람의 고민과 질문을 일부만 듣고 판단해 버리지 않으며, 더 많이 아는 사람으로서 성심성의껏 눈높이를 맞춰 주는 것이야말로 성숙한 사람의 자세라 믿는다.

나는 다른 사람을 보면서 '고집이 세다'는 생각은 잘 하지 않는다. '내 말을 이해 못하나?', '내 말이 어려운가?'와 같은 생각을 한 적은 많아도 '고집이 세다'는 생각은 잘 하지 않는다.

'고집이 세다'는 말이 떠오를 때면, 다시 한번 돌아보자. 나의 설득력이 부족한 탓을 남에게 돌리는 것은 아닌지, 내가 상대방의 부족한 점을 채워 줄 노력을 소홀히 하는 것은 아닌지, 또는 내가 너무 권위적으로 다가가 상대방으로 하여금 거부감을 불러일으킨 것은 아닌지 말이다.

04

사
과
한
다

나는 개인적으로 '사과한다'는 말이 참 싫다. '사과'라는 말을 국어사전에서 찾아보면 '자기의 잘못을 인정하고 용서를 빎'이라고 나온다. 이 뜻만 보면 사과라는 것은 참 아름다운 일처럼 보이며, 나 역시 그렇게 생각한다.

그러나 내가 싫어하는 점은 '사과'라는 말 뒤에 '한다'는 말이 붙는 것이다. 요즘 들어 '사과한다'라는 말은 '더 이상 추궁하지 마'라는 뜻으로 쓰이는 것 같다. 특히 미디어를 통해 유명 연예인이 잘못을 저지른 이후 사과문을 쓰는 것을 보면 더더욱 그런 느낌을 지울 수 없다. '사과한다'라는 말이 '사과했으니 그만 좀 추궁하길 바란다'의 줄임말처럼 느껴진달까.

나는 '사과'라는 말 뒤에 붙어야 하는 말은 '한다'가 아니라 '받아 주길 바란다'라고 생각한다. "제 사과를 받아 주길 바랍니다"처럼 말이다.

예전에 만났던 여자친구와 말다툼을 했던 일이 있었다. 정확한 내용은 기억이 나지 않지만, 그 친구가 뭔가 잘못했고 내가 그것에 대해 화를 내던 상황이었다. 몇 분간의 말다툼이 오간 뒤, 그 친구는 "그래 내가 사과할게. 내가 그건 잘못했으니까 앞으로 오빠는 이거를 바꿔 줘" 하는 것이었다. 나는 그때 진심으로 화가 났었는데, 내 생각에 '자기의 잘못을 인정하고 용서를 빎'이라는, 사과라는 행동이 의미를 갖는 때는 사과를 받는 당사자가 그것을 받아들였을 때라고 생각한다.

'사과'라는 말에는 '한다'가 아니라 '받아 주길 바란다'라는 말이 뒤따라야 한다. '사과'는 내가 한다고 해서 끝나는 것이 아니다. 상대방이 받아 주었을 때 비로소 사과가 완성된다. 사과는 주는 것이 아니라 받는 것이다.

05

그동안 얼마나 잘해 줬니

학교를 졸업하고, 회사 생활도 웬만큼 하고, 이제는 프리랜서로 살아가며 다양한 분야의 사람들을 만나니, 어느 정도는 사회생활에 대한 내성이 생긴 것 같다. 조금 더 어릴 때였다면 '어떻게 저런 말을 할 수 있지?!'라고 반응했을 법한 말들을 한 귀로 듣고 한 귀로 흘리는 것에도 어느 정도 익숙해졌다. 그렇지만 아직도 들을 때마다 상처가 되는, 요즘 말로 '현타(현실 자각 타임)'가 오는 말이 있다.

'그동안 얼마나 잘해 줬니?'가 바로 그것이다. 부연 설명을 하자면, 꽤 오랜 기간 쌓인 서운함을 몇 번이나 추스른 뒤 용기 내어 털어놓았을 때 "그동안 내가 얼마나 잘해 줬냐"는 말을 듣게 되면 정말 힘이 쭉 빠지고, 마음에 생채기가 난다.

누군가 나에게 얼마나 잘해 주었는지 아는 사람은 나에게 잘해 줬다고 말하는 그 사람이 아니라 바로 나 자신이다. 그렇기에 당사자는 기억하지 못하는 사소한 호의를 잊지 않고 있다가 끝끝내 결초보은했다는 이야기가 우리 주변에 존재하는 것이며, 선물을 준 사람은 자신이 언제 그런 선물을 했는지 가물가물하지만 그 선물을 받은 사람은 선물을 볼 때마다 흐뭇해하며 감사함을 잊지 않는 것이다.

그럼에도 불구하고 서운한 것은 여전히 서운한 것이다. 만일 서운함과 고마움이 같은 선상에 놓인 것이어서, 이를테면 0을 기준으로 (−)로 향해 가면 서운함을 느끼고, (+)로 향해 가면 고마움을 느끼는 것이라 서운함과 고마움이 상호 간에 상쇄될 수 있는 것이라면 사람과 사람 사이의 관계라는 것은 한결 수월할 것이다. 그러나 애석하게도 서운함과 고마움은 서로 다른 선상에 분리되어 독립적으로 존재하는 이질적인 것이기 때문에 서운함에 고마움을 더한다고 해서 서운함이 상계 처리되지는 않는다.

'그동안 얼마나 잘해 줬니'라는 말은 생각보다 우리 주변에서 흔히 들을 수 있다. "그동안 내가 많이 챙겨 주지 않았냐" 하며 생색내는 거래처로부터 듣게 되기도 하고, 가족이나 연인처럼 오랜 시간 동안 시시콜콜한 것까지 모두 공유하는 사이에서도 듣게 된다.

이 말을 들을 때마다 '2요인 이론'이라는 별명으로 널리 알려진 허츠버그의 동기-위생 이론이 떠오른다. 미국의 심리학자 프레데릭 허츠버그는 동기와 생산성에 대해 연구하였다. 그는 미국 피츠버그에 소재한 열한 개 회사의 직원들을 대상으로 면접을 실시하였고, 이를 바탕으로 연구한 결과 직무 만족도를 높여 동기부여하는 요인과 직무 불만족을 유발하는 요인이 별개로 존재한다는 결론을 내렸다. 이 이론의 핵심은 만족의 반대가 불만족이 아니라는 점이다. 만족을 유발하는 요인과 불만족을 유발하는 요인은 서로 별개이기 때문에 수행하고 있는 업무에 대해 만족감을 느끼는 부분과 불만족감을 느끼는 부분이 별도로 존재할 수 있다.

만족의 반대가 불만족이 아니듯 고마움의 반대가 서운함이 아니기에 고마움을 느낀다고 해서 서운함을 느끼지 않는 것은 아니다. 다시 말해 서운함을 느낀다고 해서 고마움을 느끼지 않는다는 것도 아니다. 한마디로 고마운 건 고마운 거고, 서운한 건 서운한 거다.

만약 누군가 나에게 서운함을 토로한다면 내가 그에게 얼마큼 잘해 주었는지는 대화의 주제가 아니다. 내가 그를 서운하게 만들었다는 것이 핵심이다. 물론 서운함을 토로하면 '그동안 내가 얼마나 잘해 주었는데, 나한테 서운하다고 할 수 있지?'라는 생각이 충분히 들 수 있다. 그러나 중요한 것은 언제나 상대방의 입장이기에, 상대방이 서운하다고 한다면 무엇이 서운했는지 왜 서운했는지 살피는 것이 먼저 아닐까.

무릇 내가 상대방을 서운하게 만들었다는 사실을 쉬이 받아들일 수 있는 사람은 없을 것이다. 그렇기 때문에 누군가 나에게 서운하다고 말하면 그동안의 행동을 되돌아보기가 무섭기도 하고 낯설기도 하다. 타인에게 내가 잘해 준 것을 먼저 떠올리는 것은 사람이라면 어쩌면 당연한 행동이다. 그러나 즉각적으로 차오르는 '그동안 내가 얼마나 잘해 줬는데!'라는 말을 잠시만 묻어 두고 상대의 서운함에 귀 기울이며 살피기만 해도, 상대방이 느끼는 서운함은 이미 햇살에 눈 녹듯 녹아내리기 시작할 것이다.

06

여유를 가져

나는 별다른 장점이 없다. 예능이라든지 체능이라든지 특별히 잘하는 것이 있지도 않다. 다만 확실히 성실한 편이며, 꽤 부지런한 편이다. 간단하게 말하자면 매사에 열심히 하는 것이 나의 유일무이한 장점이다. 나는 미국에서 대학교를 다닐 때 학점이 상당히 높은 편이었다. 유학도 늦게 간 편인데 과에서 학업우수상을 탈 정도로 학점이 높은 것이 신기했던지 주변에서 학점 관리의 비결을 물어본 적이 몇 번 있었다.

솔직히 말하면 별다른 학점 관리의 비결은 없었고 정말 그냥 열심히 했던 것 같다. 단적인 예를 들자면, 오늘로부터 2주 뒤에 제출해야 하는 과제가 있다고 해 보자. 일단 제쳐두고 있다가 기한이 한 3~4일 남았을 때부터 과제를 시작하는 사람도 있을 것이고, 당장 시작해서 얼른 끝내버리고 때에 맞춰 잘 제출하는 사람도 있을 것이다. 나 같은 경우는 과제를 들은 날 바로 시작하는 타입이다. 한 가지 다른 점이 있다면 과제를 다 끝낸 이후에도 제출일 직전까지 틈날 때마다 계속 보고 수정하고 업데이트한다는 것이다. 그렇게 과제가 내 손에서 벗어날 때까지 계속 붙들고 있어야 직성이 풀린다. 그러다가 행여나 교수님께서 과제 제출 기한을 연장해 준다면? 연장된 기간만큼 더 과제를 붙들고 있으니, 당연히 과제의 완성도는 갈수록 조금씩 올라갈 수밖에 없다. 일단 이것이 첫 번째 학점 관리 비결이라면 비결이었고, 두 번째 비결은 한국과 미국의 서로 다른 대학 시스템에 있었던 듯하다.

보통 한국의 대학교는 한 학기에 시험을 한 번 내지는 두 번 보는 데 반해 내가 다녔던 학교는 중간고사 두 번, 기말고사 한 번이 일반적인 형태였다. 즉 개강하고 2~3주 정도 지나면 학기가 끝날 때까지 계속 시험기간인 셈이다. 피곤하다면 피곤한 형태인데, 나로서는 이런 시스템이 더 잘 맞았던 것 같다. 단기간에 몰아쳐서 공부하는 벼락치기에는 젬병이라 평소에 꾸준히 열심히 하는 것을 선호하기 때문이다.

이렇게 굳어진 학창 시절의 습관은 학교를 떠난 지 오랜 시간이 흐른 지금도 여전하다. 회사에서도 마찬가지였고 프리랜서가 된 지금도 그대로인데, 회사원과는 다르게 명확한 출퇴근 시간이 정해져 있지 않은 프리랜서의 특성상 정말 항상 일을 하고 있는 것 같다. 주말에도 특별한 약속이 없으면 사무실에 나와 있다. 쉬어도 사무실에서 쉬는 게 마음이 더 편한 것은 내 기분 탓인가 싶다. 물론 주말에 친구들과 만날 일이 있으면 즐겁게 놀기는 하지만 말이다.

이런 내 생활패턴을 보면서 친구들은 항상 '여유를 가지라'고 말한다. 비단 친구들뿐만이 아니다. 나와 유사한 생활패턴을 갖고 있는 업계 선배들조차 여유를 가지라는 말을 굉장히 많이 한다. 물론 모두 나를 걱정해 주며 응원하는 차원에서 하는 말이라는 것은 잘 알지만 나는 여유를 가지라는 말이 마냥 반갑지만은 않다. 왜냐하면 도대체 어떻게 해야 여유를 가질 수 있는지 도무지 모르겠으니까. 그래서 '여유를 가지라'는 말은 솔직히 공감이 가거나 위로가 되지 않는다. 오히려 어떤 점에서는 약간의 불편함마저 느껴지는데, 왜 그런지 그 이유를 알 수 없는 묘한 답답함이 있다.

많은 이들이 쉽게 말하는 것 중에 나는 도통 방법을 알지 못하는 것들이 있다. 여유를 가지라는 말 이외에도 이를테면 열정을 가지라거나 끈기를 갖춰야 한다는 말들이 그렇다. 나도 여유를 갖고 싶고, 열정과 끈기를 갖추고 싶지만, 도대체 그건 어떻게 해야 가질 수 있는 것인지 알 수가 없다. 어디서 살 수 있는 거라면 막대한 금액을 지불

할 용의가 있는데 말이다. 그래서 누군가 여유를 가지라고 하면 '나도 여유를 갖고 싶긴 하지만 그게 내 마음대로 되는 게 아니다'라고 말하고 싶은 마음이 굴뚝 같다. 한번은 진짜 이렇게 말했더니 "그건 마음가짐의 문제이니 네가 마음을 고쳐먹어야 한다"는 대답이 돌아왔는데, 여전히 공감은 안 된다.

도대체 여유는 어떻게 가져야 하는 걸까? 학창 시절부터 거의 10년 동안 도무지 답을 찾을 수 없었던 이 질문에 대한 단서를 의외로 요가에서 찾게 되었다. 체형을 교정하고 유연성을 기르기 위해 요가를 꾸준히 수련하다 보면 느끼게 되는 것이 하나 있다. 바로 요가는 신체의 조건을 만드는 과정이라는 것이다. 즉 억지로 근육을 늘려서 유연성을 기르는 것이 아니라 근육이 늘어나 유연해질 수 있는 신체적 조건을 만드는 것이다. 올바른 신체적 조건을 만들면 올바른 구조가 만들어지고, 올바른 구조가 갖춰지면 그 부산물로 유연성이 생겨난다.

이것은 여유도 마찬가지이다. 여유餘裕. '남을 여'에 '넉넉할 유'를 쓴다. 넉넉하여 남은 것. 즉 넉넉하다는 조건이 갖춰진 속에서 결과적으로 남게 된 부산물이 여유라는 것이다. 이제 여유를 갖기 위한 방정식의 해답을 찾았다.

여유는 내가 갖고 싶다고 해서 가질 수 있는 것이 아니다. 여유는 특정한 조건 속에서 자연적으로 나에게 주어지는 것일 뿐이지, 내가 의지적으로 얻을 수 있는 성질의 것이 아니다.

그렇다면 여유가 주어지기 위해서는 어떤 조건을 갖춰야 하냐고? 그 답은 너무나 뻔하다. 내가 하고 있는 일이 술술 잘 풀려 나가고, 투자한 노력에 상응하는 성과가 적절히 나오면 여유는 자동적으로 생겨난다. 여유는 성과의 남은 부분인 것이다. 열정이라는 것도 끈기라는 것도 모두 마찬가지다. 이런 깨달음을 얻고 난 이후에는 친구들이 여유를 가지라는 말을 해도 부담스럽게 느껴지지 않는다. 이제는 씩 웃으면서 이렇게 대답한다. "나도 여유를 갖고 싶어. 그러니까 여유가 생기도록 성과가 날 때까지 응원 좀 해 주라. 나 좀 잘 되게 도와줘."

07

자
리
를

잡
다

"이제는 자리 잡아야지."

말과 문장에도 유행이 있는 것 같다. 유행이라는 것이 본질적으로 그렇듯 유행을 타는 말과 문장에는 그 시대의 정신이 담긴다. 그러나 유행은 그 시기가 지나고 난 뒤에 보면 구태의연할 뿐이고 좀 더 세련되게 바뀌어야 한다.

세련되게 변할 필요가 있는 구태의연한 문장 중 하나가 바로 '자리를 잡다'라고 생각한다. '자리를 잡다'라는 말은 학교를 졸업할 즈음부터 쉽게 들을 수 있는 말이다. 어른들은 취업 전선에서 투쟁하고 있는 사회초년생을 보면 얼른 자리를 잡기 바란다는 말로 응원하고 취업을 하고 난 뒤에는 이제 자리 잡았으니 좋은 반려를 만나라고 덕담을 한다. 이렇게 보면 자리를 잡는다는 말은 사회에서 어느 정도 안정된 직업을 갖는다는 말과 일맥상통한다. 그러나 하루가 다르게 수많은 직업이 생겨나고 사라지는 요즘 시대의 관점에서 보면 '자리를 잡는다'는 말만큼 구시대적인 발상이 있을까?

지금 시대에 필요한 건 이미 만들어져 있는 자리를 잡는 노력이 아니라 내가 있을 자리를 스스로 만들어 가는 노력이다. 《반지의 제왕》에서 빌보가 노래하듯 모든 방황하는 자가 길을 잃은 것은 아니고 뿌리가 깊은 나무에는 서리가 닿지 못한다. 앞으로의 시대는 만들어진 자리에 그냥 주저앉으면 되는 게 아니라 스스로 자리를 만들어 가야 한다. 나아가 한 자리에 오래 머물러서도 안 되는 시대이다. 린lean* 하게 자리를 적시에 옮기는 것이 어쩌면 더 중요할지 모른다.

'힘내'라는 말 대신 '사랑한다'던 펭수의 말처럼 자리를 잡지 못한 것 같은 이가 보인다면 얼른 자리를 잡기 바란다고 말하는 것보다는 지금은 자리를 만들어 가고 있는 과정이라고 격려하고, 그리고 그렇게 만든 자리에서도 언젠간 유연하게 또 움직여야 할 때가 올 것이라 조언하는 것은 어떨까?

---

* 린(lean): 급변하는 환경에 빠르고 유연하게 대응하며 선제적으로 움직이는 스타트업 경영 전략

08

힘
빼

나는 대학생 때 학교 수업을 통해 골프를 처음 배웠다. 으레 스포츠 교양 과목들이 그렇듯 출석만 잘하면 A⁺를 따는 것은 식은 죽 먹기였다. 한 학기 동안 열심히 출석하며 골프채를 휘둘렀지만, 실력이 좀 쌓였냐고 물어본다면 글쎄… 대학생 때이다 보니 주변에 골프를 치는 친구가 드물어서 수업 외에는 골프채를 잡을 일이 없었고 한 학기 동안 열심히 쌓은 골프 실력은 학기가 종료되자마자 퇴보하기 시작했다. 결국 몇 해 지나지 않아 한 줌조차 되지 않던 골프 실력은 비 맞은 모래성처럼 흔적도 없이 사라져 버렸다.

대학교를 졸업하고 사회인이 되자 주변 친구들이 너나 할 것 없이 골프를 배우기 시작했다. 나도 다시 한번 시작해 볼까 하는 마음에 집 근처 골프장에 등록해 열심히 연습하기 시작했다. 대학생 때 골프채를 휘둘렀던 기억은 온데간데없이 사라지고 전공 과목도 아닌 스포츠 교양 수업에 '올 출석'을 했던 성실함만이 남아 매일 퇴근 후 골프장에서 스윙 연습을 했다. 그런 나를 응원해 주려는 마음이셨는지 골프 코치님께서는 레슨 날이 아니어도 나에게 이런저런 지도를 해 주셨는데, 모든 수업은 단 한 마디로 요약되었다.

"힘을 빼세요. 힘 좀 빼시라구요. 힘을 좀 빼야 한다니까요."

"힘을 어떻게 빼는 거죠?"

"아니 그냥 힘을 빼면 되지, 뭘 어떻게 빼요."

내 딴에는 힘을 뺀다고 뺐는데, 자꾸 힘을 빼라고만 하고 '어떻게' 힘을 빼는지 알려 주지를 않으니 너무나 답답했다. 듣기 좋은 노래도 한두 번이라는데 자꾸 힘을 빼라는 소리만 반복적으로 듣다 보니 힘을 빼야겠다는 생각보다는 '코치님은 힘을 빼라는 말을 누구보다 힘주어 말씀하신다는 사실을 알까' 하는 의문만 커져 갔다. 그렇게 힘을 빼라는 말을 힘주어 말하는 3개월간의 코칭이 끝날 무렵 골프 연습장으로 향하는 발길도 끊어졌다.

만화 《베르세르크》의 주인공 가츠가 말했던가, "도망쳐 간 곳에 낙원은 없다"고. 골프 연습장에서 도망쳐 간 수영장에서도 '힘 빼'라는 정체 모를 압박은 계속됐다. 마치 도플갱어처럼 수영 선생님도 "회원님, 몸에 힘 빼세요"라는 말을 반복하셨다. 이쯤 되니 슬슬 짜증이 났다.

'도대체 힘을 어떻게 빼는 건데. 사실 힘을 빼라는 건 진짜 고수들, 끝판왕들만 할 수 있는 거 아니야? 선생님들은 잘하니까 힘을 뺄 수 있는 거고, 나는 초보인데 당연히 못하지. 왜 자꾸 힘을 빼라고 하는 거야. 요령을 좀 알려주든가!'

물론 대단히 내향적인 나는 이 말을 입 밖으로 내고 싶은 마음의 힘을 빼고 혼자 간직하기만 했다.

그러다가 최근 요가 수업 시간에 '힘 빼'라는 말의 진실을 마주하게 되었다. 선릉역에서 요가를 지도해 주시는 아르카 선생님의 두 번째 수업에 참여할 때였다. 수업을 시작하면서 아르카 선생님은 "이완에는 용기가 필요합니다"라고 조용히, 그러나 힘주어 말씀하셨다.

"이완에는 용기가 필요하다." 나는 그때 무릎을 탁 치는 듯한, 조금 과장하자면 머리에 벼락을 맞은 듯한 깨달음을 얻었다.

바로 그거였다. 내가 힘을 빼지 못한 이유는 용기가 없었기 때문이다. 골프공을 제대로 맞히지 못할 것 같다는 두려움 때문에, 물에 가라앉을 것 같다는 무서움 때문에 나는 힘을 빼지 못했던 것이다. 골프공을 못 맞혀도 상관없다는, 물에 가라앉더라도 문제없을 거라는 용기가 있었다면 몸에 애써 그렇게 힘을 주지 않았을 것이다.

삶을 살아가며 용기라는 말을 들으면 으레 주먹을 불끈 쥔 힘찬 모습을 떠올린다. 마치 200야드는 훌쩍 넘겨 버릴 듯 힘차게 골프채를 휘두르고, 마이클 펠프스에 빙의한 듯 힘차게 물결을 가르는 것처럼. 그러나 용기의 진정한 모습은 주먹을 불끈 쥔 힘찬 모습이 아니라 긴장을 내려놓은 담담한 미소일지도 모른다.

나는 현재 프리랜서로 일을 하고 있다. 멀쩡한 회사를 호기롭게 뛰쳐나온 나를 보며 용기 있다고 추켜세우는 사람도 있지만 나의 현실은 겁먹은 모습으로 가득하다. 이런 모습은 특히 주말 내지는 빨간 날에 머리를 치켜든다. 회사원일 당시에는 빨간 날, 다시 말해 쉬는 날이 너무 좋았다. 아무 생각 없이 놀러 다니며 충분한 휴식을 취하고, 그렇게 빨간 날을 만끽했다. 그러나 프리랜서가 된 지금은 빨간 날에 쉬면서도 마음이 불편하다. 정확히 말하면 불안하다. 내가 혹시 뒤처지는 것은 아닌지, 지금 내가 이렇게 여유롭게 쉬어도 되는 것인지 끊임없이 고민한다. 용기 없는 자의 이완은 그렇게 쉬면서도 못내 마음이 불편한 것이다. 주변에서 아무리 여유를 가지라고, 힘을 빼라고 말해도 그게 어디 쉬운가.

그러나 이제는 힘을 빼라는 말이 조금은 다르게 들린

다. 힘을 빼라는 말은 곧 용기를 가지라는 말과 같은 것이다. 이를 깨달은 뒤로, '힘 빼'라는 말을 '용기를 내'라는 말로 바꾸려고 노력 중이다. 주먹을 불끈 쥔 용기의 모습은 두려움과 긴장의 반대급부로 나타나는 것일지 모른다. 이에 대해 막연히 힘을 빼라는 말은 공감을 사기 쉽지 않다. 그렇다면 힘을 빼라는 말에 앞서 용기를 내보라고 말해 보는 것은 어떨까?

09

원래 그렇다

나는 회사를 다닐 적 연차에 비해 이직을 꽤 많이 한 편인데, 이직을 할 때마다 항상 들었던 말이 있다. "어차피 다 똑같아. 어딜 가도 다 그래." 어쩜 토씨 하나 안 틀리고 다들 그렇게 말하는지. 자매품으로는 "다른 곳도 다 마찬가지야", "다른 데 가도 갈구는 사람 많아", "나중에 연차 쌓여도 뭐 회사 별거 없어" 정도가 있겠다.

그중 압권은 "원래 그래." 어딜 가도 어차피 다 똑같고, 원래 그렇다라…. 글쎄, 정말 그럴까?

나는 저런 말을 들을 때마다 항상 궁금해했다, 정말로 그렇게 생각하는 건지. 회사를 예로 들어보자. 다른 곳도 다 마찬가지라면 뭣 하러 기를 쓰고 이직을 하는 것이며, 수많은 서치펌, 헤드헌터는 왜 존재하는 것일까? 물론 나 역시 다른 곳을 가더라도 드라마틱한 변화가 있을 것이라는 생각은 하지 않는다. 사람 사는 곳이 다 비슷할 테니까. 그럼에도 불구하고 모든 곳이 다 똑같지는 않다는 것을 알기에 더 나은 곳을 찾아가려는 것이다. 무엇보다 지금 겪고 있는 현실이 끔찍하기 그지없으니 단 1센티미터라도 높은 곳을, 단 1퍼센트라도 나은 곳을 찾아 헤매는

게 아닐까.

매사에 입버릇처럼 '어차피 다 똑같다'고 말하는 사람들을 자주 마주치며 지켜보니 크게 세 유형으로 정리된다.

첫째, 행동력이 없고, 변화로 인한 불편함과 상처를 회피하려는 유형이다. 이들은 새로운 도전을 할 행동력이 없을 뿐더러 도전의 결과에 따른 아픔을 회피하려는 사람들이다. 예전에 모 회사에 입사했을 때 신입사원 연수 때부터 불평불만을 하던 친구가 있었다. 이 회사는 이래서 싫고 저래서 싫고 불평불만을 수시로 말하던 친구였는데, 결론만 말하자면 그 친구는 아직 그 회사를 다니고 있다. 대리 직급도 달았고, 머지않아 과장이 될 것이다. 그리고 여전히 불평불만을 늘어놓는다는 이야기도 심심찮게 들려온다. 한 가지 달라진 점이 있다면 불평불만의 범위가 확대되었다는 것이다. 그 친구가 대리가 될 동안 다른 곳으로 이직을 한 친구들이 꽤 많은데, 누군가 이직을 할 때마다 "나도 이직하고 싶다. 그런데 어딜 가도 다 똑같을 거 같아. 회사가 다 그렇지 뭐"라고 말한다는 것이다.

이런 친구들은 삶의 변화를 만들어 낼 행동력이 부족하며, 행동으로 옮길까 하다가도 혹시나 원치 않은 결과로 인해 상처받을까 봐 매사 '원래 그런 거라고' 자위하고 있는 것이다. 마치 닿지 못할 포도를 신포도라고 굳게 믿는 여우처럼 말이다.

둘째, 행동력은 있으나, 여전히 변화로 인한 불편함과 상처를 회피하려는 유형이다. 즉 인생에 있어서 한두 번 모험을 해봤지만 오히려 그 모험으로 인해 상처를 받았던 경험이 있는 사람들이다. 삶의 변화를 만들어 보려고 시도했으나 안타깝게도 여러 번의 시도가 그다지 성공적으로 끝나지 않은 경험이 누적된 사람들이 '어딜 가도 다 똑같다'는 말을 한다. 약간은 자조적인 발언이라 할 수 있겠다.

이런 사람들의 '원래 그렇다'는 말은 슬프게 들린다. 그래서 반감이 들거나 애처롭게 느껴지기보다는 다시 한번 더 힘을 내보라고 응원해 주고 싶은 마음이 생긴다.

마지막으로, 행동력은 없는데, 변화로 인한 불편함과 상처를 무서워하지 않는 유형이다. 이런 사람들은 행동력이 없기 때문에 스스로 먼저 변화의 기회를 발굴하려고 노력하지는 않지만, 변화 자체에 두려움이 큰 것은 아니기 때문에 우연히 변화의 기회가 찾아오면 그것을 잡기는 한다. 이런 유형의 회사원을 생각해 보면, 이직을 하더라도 자신이 먼저 능동적으로 이직을 했다기보다는 주변 사람의 제안으로 이직하게 된 경우가 전형적인 예시이다. 나는 이런 사람들이 어디든 똑같다는 이야기를 할 때면, 그들이 겪은 경험의 폭이 궁금하다. 계속해서 회사를 예로 들어 보자면, 회사를 몇 군데나 다녔기에 저렇게 말할 수 있는 것일까. 지금의 현실을 개선하고 싶어 노력하는 젊은 이에게 단정적으로 어딜 가도 똑같다고 선언하는데, 설마 (부족한 행동력을 바탕으로) 두세 군데 다닌 경험을 기준으로 성급한 일반화의 오류를 범하는 것은 아니길 바랄 뿐이다.

나는 경험주의자이고 싶지만 '네가 아직 모르겠지만 겪어 보면 알 거야'와 같은 유의 조언은 별로 환영하지 않는다. 막상 겪어 보면 알 거라고 말하는 사람들 역시 경험해 봤겠지만, 아직 어떤 것을 경험하지 못한 사람이 할 수 있는 최선은 (책과 미디어 등을 통해 간접 경험을 쌓는 것과는 별개로) 자신이 살아온 바를 토대로 자신이 선택하는 것에 따라올 결과를 최대한 리얼하게 예측해 보는 것뿐이다.

'원래 그렇다'는 생각은 비단 직장 문제를 넘어서 우리가 일상생활에서 반드시 경계해야 할 삶의 태도임에도 불구하고 아이러니하게도 현재 우리 사회에 만연한 아주 건강하지 못한 의식이다. 자신이 만약 삶의 안정성을 추구하기로 마음먹었고, 주어진 환경 자체의 변화를 꾀하기보다 주어진 환경 속 요소를 잘 조합하여 행복을 추구하기로 결심했다면 그냥 자신만의 라이프스타일을 만들어 가면 된다. 굳이 다른 사람한테 가타부타 '원래 그렇다'라고 하는 힘 빠지는 이야기를 할 필요는 없다. 행동력이 있고 변화와 상처를 두려워하지 않는 사람에게 '원래 그렇다'는 말만큼 듣기 피곤한 말도 없으니까 말이다.

같은 환경에 놓여도 사람마다 대처하는 방식은 다르다. '그럼에도 불구하고'와 '그래서'의 차이처럼 누군가는 변화를 무릅쓰고 환경을 바꿔 보려고 하는가 하면, 누군가는 주어진 환경이 그러하니 그 안에서 유연하게 잘 적응하기도 한다. 우리들이 각기 살아가는 모습은 그 무엇 하나 똑같은 게 없다. 우리의 삶의 자세, 우리의 마음가짐이 각기 다르듯, 세상에는 어차피 똑같은 것, 원래 그런 것은 없다.

원래 그렇고 다른 곳도 다 마찬가지라면 우리는 왜 학교를 옮기고 왜 직장을 옮기며 이사는 왜 가는 것이며, 왜 노력을 하는 건가 싶다. 어차피 달라질 게 없는데.

10

기회를 준다

회사를 그만두고 난 뒤로는 쭉 프리랜서로 생활하고 있다. 최근까지 모 대표님이 운영하는 플랫폼에서 프리랜서로 종종 코칭 업무를 했다. 나는 평소에 이런저런 아이디어를 짜보는 것을 좋아하는데, 알고 지낸 지 워낙 오래된 사이여서 가끔 대표님이 운영하는 플랫폼의 활성화 방안을 건네기도 했다. 그러던 어느 날 대표님이 내 코칭 서비스를 확대하는 쪽으로 플랫폼 홍보에 박차를 가하는 프로젝트를 제안했다. 큰 틀에서의 내용은 내 코칭 서비스를 홍보할 수 있는 새로운 마케팅 프로그램을 운영해 보지 않겠냐는 것이었는데, 나는 솔직히 크게 끌리는 내용은 아니어서, 대표님께서 직접 해 보시는 게 어떠냐고 의견을 전달했다.

이에 돌아온 대답은 나에게 '기회를 주는 것'이라는 말이었다. 플랫폼을 홍보하기 위함이 아니라 내가 진행하는 코칭 프로그램을 더욱 확대하여 내가 수혜를 입을 수 있는 기회라는 것이었다. 회사 생활을 할 때도 그렇고, 프리랜서로 이런 프로젝트를 같이 할 때도 그렇고 자주 듣게 되는 말이 있다. "너에게 기회를 주는 거야", "너 잘되라고 하는 거야" 같은 말들이다. (이런 말들은 대부분 대단히 시혜적인 말투와 함께 전달된다.)

그런데 나는 솔직히 이런 말들을 절대 액면 그대로 믿지 않는다. 회사든 회사 밖이든, 어떤 형태로든 이해관계가 얽혀 있는 상황에서 온전히 '상대방 잘되라고' 어떤 제안을 하는 게 가능할까? 내가 생각하기에 '기회를 준다'고 말하는 사람들이 의미하는 '기회'는 '자기 자신의 이점이 확보된 이후 타인에게 줄 수 있는 기회'인 것 같다.

즉 이런 말을 하는 사람들의 본심에는 결국 자신의 욕망이 도사리고 있는 것이다. 물론 이것이 나쁘다는 것은 전혀 아니다. 다만, 자신의 욕망을 솔직하게 인정하면 서로 조금 더 편하게, 허심탄회하게 이야기를 나눌 수 있지 않을까 싶은 거다. 나에게 기회를 주는 거라 말하지 말고 이렇게 하면 우리 모두가 이런저런 점에서 '윈윈'하는 거라고 솔직하게 말했더라면, 아니면 차라리 그냥 도와 달라고 했더라면, 나도 오히려 더 편하게 받아들였을 것 같다는 뜻이다.

그 대표님이 주었던 기회는 다름이 아니라 나 역시 저렇게 타인을 배려하는 척하며 내 욕망을 관철시키고자 하는 마음을 갖고 있지는 않았는지 반성하게 된 기회였다.

11

가식적이다

가식적이라는 말을 듣고 아무렇지 않을 수 있는 사람이 세상에 있을까? 매우 높은 확률로 없을 것 같다. 나는 살면서 가식적이라는 말을 들어본 적이 있다. 회사를 다닐 때 딱 한 번. 입사한 지 얼마 지나지 않았을 때 내가 속한 부서의 전체 회식 자리가 있었다. 내가 입사하기 전에 시작했던 프로젝트가 성공적으로 끝난 것을 기념하는 자리였다. 술자리가 무르익고 나자 삼삼오오 끼리끼리 모여 앉아 대화를 이어 나갔다. 나는 그때 그 회사로 이직한 지얼마 되지 않아 다섯 명으로 구성된 우리 팀 말고는 따로아는 사람이 없어서 조용히 처음에 앉았던 자리를 지키고 있었다.

그런 나에게 팀장님이 다가와서 새로운 조직에 잘 적응하고 있는지, 어려움은 없는지 물었다. 사실 그때 나는 그회사가 나랑 잘 맞지 않는 것 같다는 고민을 매일같이 하고 있었지만 그런 이야기를 어떻게 꺼내겠는가, 그냥 열심히 노력하고 있다고만 답했다. 나의 대답에 돌아온 것이바로 난생 처음 듣는 "넌 참 가식적이야"라는 말이었다. 시간이 지난 지금 돌이켜 생각해 봐도 더 나은 대답은 잘 떠오르지 않는다. 내가 너스레를 떨면서 "너무 힘들어요. 도와주세요" 이렇게 말했어야 했을까?

팀장님의 말인즉슨, 나를 몇 주 옆에서 지켜보니 도통 속내를 알 수 없고 무슨 생각을 하는지 모르겠는데 뭘 물어보면 내가 항상 정석적이고 모범적인 대답만 한다는 것이었다. 팀장님은, 자신은 매우 알기 쉬운 사람을 원한다고 덧붙였다. 자기 팀의 팀원이 그날 기분이 어떤지, 요즘 무슨 생각을 하고 있는지 모두 다 파악하고 싶다고 말씀하셨다.

'알기 쉬운 사람을 원한다'는 말로 치장되었지만 실상은 매일매일의 내 기분이 어떠한지, 내 감정이 어떠한지, 내가 무슨 생각을 하고 있는지 겉과 속이 뻔히 보이도록 투명한 모습을 보이라는 언어 폭력과 다를 바 없었던 말은 내가 사회생활을 잘 못하고 있는 것은 아닌지 고민하게 만들었고 또 큰 스트레스를 주었다. 살다 보면 가끔 상대방이 모든 걸 공개하길 바라는 사람들을 만나게 된다. 이런 사람들은 상대방을 적극적으로 알아갈 노력을 하지 않고, 그런 수고로움을 되려 귀찮은 것으로 여긴다. 세상의 모든 가치 있는 것은 수고로움을 동반하는데도 불구하고 타인을 이해하려는 노력을 게을리하면서, 이런 노력을 하게 만드는 사람들을 일컬어 의뭉스럽다거나, 가식적이라 거나, 음흉하다고 말한다. 결국 이들이 사용하는 '가식적' 이라는 말은 '내가 노력하기는 귀찮으니 네가 한번 스스 로를 공개해 보라'는 압박에 불과하다.

그러나, 당연히도, 두말할 필요 없이 우리는 자기정보통 제권을 갖고 있다. 내가 공개하고 싶지 않은 것이 있다면 당연히 공개하지 않아도 된다. 나 혼자만의 것으로 남겨 두기 위해 타인의 허락을 구할 필요도 의무도 없다.

만약 누군가 당신한테 가식적이라고 말한다면, 스스로 에 대해 의문을 갖지 않아도 된다. 그건 그냥 상대방이 당 신에 대해 알아갈 노력은 하지 않고, 당신이 보여 주지 않 는 속마음을 어떻게든 알아보려고 하는데 그것이 잘 안 되어 불평불만을 하는 거니까.

2장

알고 보면

참 눈치 없는 말

12

특이하다

민트 초코라든가 하와이안 피자라든가 아침에 삼겹살 구워 먹기라든가 하는 것들은 영원한 갑론을박의 대상이다. 나는 다른 것에는 큰 호오가 없지만 하와이안 피자만큼은 너무나 사랑해 마지않는다. 따뜻한 파인애플과 치즈 그리고 바삭한 크러스트라니, 이 어찌 사랑하지 않을 수 있을까.

이 대목을 읽는 순간 누군가는 '이 사람, 참 특이하군'이라고 생각할는지 모르겠다. 맞다. 확실히 나는 특이하다는 이야기를 종종 듣는다. 소개팅을 하거나 새로운 모임에 나가면 꼭 한 번쯤은 '특이하다'는 말을 듣게 되는 것 같다. 내가 특이한가? 왜 나한테 특이하다고 하는 거지?

보통 누군가 나한테 특이하다고 말하게 되는 맥락을 잘 살펴보면 상대방 입장에서 익숙하지 않은 것을 내가 좋아하거나 즐긴다는 이야기를 언급할 때다. 예컨대 따뜻한 파인애플 토핑이 올라간 하와이안 피자를 사랑한다고 말하거나 남자인 내가 요가를 좋아하고 오래했다는 이야기를 하면 적지 않은 수의 사람들이 특이하다고 말했던 기억이 있다. 물론 농담 반 진담 반이었을 테지만.

"특이하다." 보통 것이나 보통 상태에 비하여 두드러지게 다르다는 뜻이며, 네이버 국어사전에서 검색해 보면 유의어로 '엉뚱하다'가 나온다. 나는 마음이 제법 넓은 사람이기에 누군가 나를 보통 상태에 비해 두드러진다고, (개인적으로 전혀 동의할 수 없지만) 엉뚱하다고 말해도 크게 개의치 않는다. 가끔은 '제가 특이한 게 아니라 당신의 견문이 좁은 것은 아닐까요?'라는 말이 혀끝에 맴돌 때가 있긴 하지만, 기본적으로는 '특이하다'는 말을 특별히 고깝게 듣거나 하지는 않는다. 다만 자꾸 듣게 되니 '특이하다'는 말에 대해 자꾸 생각해 보게 된다.

'특이하다'는 말이 성립되려면 '보통의 상태'가 전제되어야 한다. 그리고 이 '보통의 상태'를 정량화하면 '51퍼센트 이상'이라고 정의할 수 있겠다. 예를 들어, 하와이안 피자에 대한 선호도를 전수 조사하여 51퍼센트 이상이 하와이안 피자를 싫어한다고 응답했다면 하와이안 피자는 싫어하는 것이 보통이라고 말할 수 있게 된다. 문제는 바로 이 지점에서 발생한다. 과연 '보통의 상태'라는 것을 우리가 실제로 확인할 수 있을까? 여지없이 불가능하다.

보통의 상태를 확인하는 것이 불가능하다는 것은 무엇이 특이한지 특이하지 않은지 섣불리 말해서는 안 된다는 의미가 된다. 어쩌면 자신이 특이하고 상대방이 보통일 수도 있는 거니까. 극단적으로 말해 알고 보면 세상엔 하와이안 피자를 좋아하는 사람의 수가 훨씬 더 많은데 우연하게도 하와이안 피자를 싫어하는 사람들하고만 부대끼며 살다가 그것을 좋아하는 사람을 처음 만난 것일 수 있지 않은가. 나는 무언가에 대해 특이하다는 말을 쉽게 하는 사람을 보면 그 사람의 견문이 좁다는 생각을 지울 수가 없다. 결국 사람은 자기 세계 안의 익숙한 것들을 보통이라고 생각하기 마련이다. 아무리 '특이'해 보이는 낯선 것도 자기 세계 안에 무사히 안착시키면 보통의 것이 되는 법이다. 그런데 낯선 것을 보고 자기 영역 안으로 품을 노력을 하기 전에 '특이하다'는 말로 차단해버리면 그 사람의 세계는 그렇게 좁아져만 간다.

우리가 쉽게 말하는 '특이함'은 어찌 보면 그저 자신이 익숙하게 여기는 것들 이외의 '낯섦'을 의미하는지도 모른다. 이렇게 낯선 것을 봤을 때 자기 나름의 기준에서 벗어나 있다고 '특이하다'라는 말로 단정 지어 버리지 말고, 자기 세계를 확장할 수 있는 기회가 왔다고 생각해 보는 것은 어떨는지? 하와이안 피자도 먹다 보면 그 맛을 알게 된다. 설령 그 맛을 이해하기는 어려울지언정 적어도 그것을 즐기는 사람들이 생각보다 많다는 사실을 알게 되는 것만으로도 나의 세계는 더욱 넓어지고 타인을 이해할 수 있는 폭 또한 한 뼘 커진다. 미각적 견문을 넓히게 되는 것은 두말할 필요도 없고 말이다.

13

비
싸
다

"너무 비싸."

"그거 좀 비싸지 않니?"

'비싸다'는 말을 입에 달고 사는 사람들을 종종 본다. 롤렉스 시계라든가, 페라리 같은 자동차 내지는 모 호텔의 '애플망고빙수'처럼 절대적인 가격이 높다면 충분히 할 수 있는 말이지만, 습관적으로 '비싸다'는 말을 내뱉는 사람을 보면 솔직히 말해 대화하기 참 쉽지 않다고 생각하는 편이다. '비싸다'는 말이 돌아오면 대화를 이어 나가기가 참 어렵다.

'비싸다'는 말만큼 사람을 무안하게 만드는 말도 드물다. 가령, 무언가를 해 보자고 제안을 했을 때, 무언가를 먹으러 가자고 했을 때 일단 비싸다는 반응을 보이면, 정말 무슨 말을 해야 할지 모르겠다. 비싸도 괜찮으니까 한번 해 보자고 해야 하나? 아니면 내가 낼 테니 일단 먹으러 가자고 해야 하나? '비싸다'는 말은 뭐랄까 우리의 세계를 제한하는 울타리를 세우는 것 같다는 느낌이다. 마치 넓은 대지에서 '이 이상은 안 돼'라고 선을 긋는 것 같다. 심지어는 선을 긋는 것을 넘어 쳐다도 보지 말라고 말하는 것 같은 느낌이 들기까지 한다.

정말 비싼 것을 볼 때는 가격표만 보고 고개를 돌려 버리기보다는 그 상품의, 그 서비스의 본질적인 가치를 한 번 확인해 보고 그것이 나에게 어떤 유익을 줄지 생각해 볼 필요가 있다. 그리고 지금 당장은 여의치 못하더라도 머지않아 곧 그 상품, 그 서비스를 누릴 수 있는 사람이 되어야겠다고 생각해 보는 것도 나쁘지 않을 것이다. 이렇게 '비싸다'는 것은 관점에 따라 삶의 동력으로 작용할 수 있다.

"세상에 공짜 점심은 없다"는 명언처럼 나의 세계를 넓히기 위해서는 반드시 대가를 치러야 한다. 그 대가가 시간이든 감정이든 돈이든 무엇이 되었든 간에 말이다. '비싸다'는 말로 내 세계의 울타리를 높이 세우기보다는 저 너머 멀리에는 어떤 유익이 있을지 바라보는 연습은 우리 삶을 풍요롭게 만드는 또 하나의 길이 될 것이다.

14

잘
해
?

'취미'라는 말을 사전에서 찾아보면, "전문적으로 하는 것이 아니라 즐기기 위하여 하는 일"이라고 나온다. 당연히, '즐기기 위해서' 하는 일인 만큼 취미는 '좋아하는 일'이라고도 할 수 있다. 그래서인지 우리는 보통 '취미가 뭐냐'는 질문에 '-을 좋아한다'고 대답하는 경우가 많다. 그런데, 이렇게 어떤 취미를 좋아한다고 말할 때면 종종 '잘하냐'는 질문을 듣게 된다. 좋아하는 것과 잘하는 것은 도대체 어떤 상관이 있는 거지?

'취미'와 '좋아한다' 그리고 '잘한다'는 키워드를 생각하면 꼭 떠오르는 만화가 하나 있는데, 바로 불후의 명작 《슬램덩크》가 그것이다. 혹시 《슬램덩크》의 주인공 강백호가 농구를 시작하게 된 계기를 기억하는 분이 계실지? 강백호가 농구를 시작하게 된 데는 미모의 여고생 채소연이 있었다. 채소연의 미모에 넋이 나간 강백호는 "농구 좋아하세요?"라는 질문에 "네, 아-주 좋아합니다. 난 스포츠맨이니까요"라는 대답을 하게 되고, 그렇게 농구인으로서의 좌충우돌 여정을 시작하게 된다.

이쯤 되면 강백호가 농구를 시작하게 된 계기는 짝사랑

때문이 아닌가 싶겠다. 그러나 정확히 말하자면 "네, (농구를) 아-주 좋아합니다"라는 '선언'에 따르는 의무가 진정한 이유일 것이다. 자기 입으로 직접 농구를 좋아한다고 했으니, 농구를 좋아하고 실제로 즐기는 모습을 보여줘야 할 필요가 생긴 셈이다. 이렇게 어떤 것을 선언하고 그에 합당하게 행동해야 하는 의무가 발생하는 것을 윤리학에서는 '공약의 부담'이라고 일컫는다.

나는 제법 다양한 취미를 갖고 있는데, 여러 취미 생활을 하면서 반드시 마주치게 되는 것이 바로 이 '공약의 부담'이다. 내가 가장 좋아하는 취미 중 하나는 요가이다. 즉 나는 요가가 좋다. 많이 좋다. 그래서 누군가 내 취미를 물어보거나 주말에 뭘 하면서 쉬냐고 물어보면 "요가!"라고 대답한다. 취미가 요가이고 주말에도 요가를 한다는 말을 들으면 요가를 매우 잘하고, 엄청나게 유연해서 몸을 배배 꼬아 서커스 같은 자세를 손쉽게 만들 것이라고 기대하게 되나 보다. 그렇게 사람들은 으레 "아, 그럼 되게 유연하시겠어요. 주말에도 할 정도면 요가 되게 잘하시겠어요"라고 말한다. 물론 별 뜻 없이 던지는 빈말이라는 것 정도는 나도 알고 있다. 그러나 농담이든 진담이든, 이때가 바로 요가를 좋아하고 매일 수련한다는 선언에 따르는 공약의 부담을 마주하게 되는 순간이다.

요가를 좋아한다는 공약에 따르는 부담은 '유연한 몸을 유지한다'거나 '어려운 동작을 잘해 낼 수 있다'보다 훨씬 더 복잡하다. 삶 자체가 '요가적'이길 바라는 것이다. 왠지 도인 같고, 속세에 찌들지 않고, 과한 욕심을 부리지 않고, 평온함을 유지하고, 세속적이지 않은 그런 모습까지 은근히 요구된다. 그래서인지 나도 요가를 시작한 지 얼마 안 되었을 때는 요가를 좋아한다고 선뜻 말하는 것이 무척 어려웠다. 뭐랄까, 나의 삶이 요가를 좋아한다고 자신 있게 말할 수 있을 만큼 '요가적'이지 않다고 생각했던 것 같다. 그래서 한때는 "그냥 어쩌다 요가원 가요. 시작한 지는 얼마 안 되었어요"라고 말했다. 그렇게 말하는 나의 눈빛은 '나 요가 잘 못하니까 큰 기대는 하지 말아요'라는 메시지를 암묵적으로 전달하고 있지 않았을까.

이렇게 공약을 회피하면 보다 관대한 시선을 마주할 수 있다. 이를테면, 원데이 클래스에 갔을 때 "요가 시작한 지 얼마 안 되었다고 하셨는데, 남자분치고 꽤 유연한 편이네요"와 같은 칭찬들. 아, 이런 장점도 있다. 어려운 동작을 성공해 내지 못해도 괜찮다는 점. 요가를 시작한 지 6개월도 넘었다고 말해 놓고 머리서기를 성공하지 못하면

꽤나 민망하다. 물론 주변에서는 아무런 말도 하지 않음에도 불구하고 도둑이 제 발 저리듯 나 혼자 민망해하는 것이겠지만, 어찌 되었든 '민망함'으로부터 자유로울 수 있다.

그러나 강백호가 그때 농구를 썩 좋아하지는 않는다고 말했다면, 그의 농구 여정이 시작될 수 있었을까? 채소연의 질문에 "네, 아-주 좋아합니다"라고 일단 지르고 봤던 강백호는 만화의 마지막에서 "(농구를) 정말 좋아합니다. 이번엔 거짓이 아니라구요"라고 힘주어 말한다. 농구를 좋아한다고 일단 선언한 뒤 그에 따르는 맹훈련을 성실하게 수행한 그는 멋진 농구선수로 성장하여 결국 진심으로 농구를 좋아하게 된 것이다.

우리는 성장하기 위해서 때때로 공약을 내걸 필요가 있다. 공약을 선언하고 그것에 딸려 오는 부담을 바로 마주하며 성실하게 이행해 나갈 때 우리의 삶은 1센티미터 더 성장한다. 요가를 시작한 지 6개월도 훌쩍 넘었음에도 어느 원데이 클래스에서 시작한 지 얼마 되지 않았다고 얼버무리던 나의 모습이 부끄러웠던 가을날, 나는 결심했다. 요가를 많이 좋아한다고 선언하기로. 요가를 좋아하고 열심히 수련한다는 공약의 부담을 오롯이 짊어지기로 말이다. 요가를 좋아한다고 말하며, 그에 따르는 부담을 짊어지는 것. 그것이 성장의 시작이다.

"요가 많이 좋아합니다. 그래서 잘하냐고요? 글쎄요, 아직은 부족한 점이 많지만 분명한 건 어제보다는 조금 더 잘하게 된 것 같아요."

15

그
릇
이 크
다

"그릇이 커야 한다."

"그릇이 큰 사람이 되어야 한다."

어릴 때 이런 말을 많이 들었던 것 같다. 나는 태어나기를 섬세하고 예민하게 태어났기에 사소한 일, 작은 일 하나하나에도 전전긍긍하고 여러 번 반복해서 생각하는 편이다. 그런 내가 자주 들었던, 아니 들어야만 했던 말이 바로 '그릇이 커야 한다'였다.

문장도 엄연한 유행의 대상이므로 요즘은 예전만큼 저 표현을 자주 쓰는 것 같지는 않지만, 여전히 사람의 됨됨이 또는 품격 등을 논할 때 종종 들을 수 있는 말이다. 그런데 그릇이 크다는 말처럼 아리송한 말도 또 없다. 내가 생각하기에 그릇의 '크기'보다도 중요한 것은 그릇이 얼마나 채워져 있는지 그리고 그릇에 무엇이 채워져 있는지가 아닐까 싶다.

4리터짜리 유리병과 200밀리리터짜리 유리잔을 생각해보자. 둘 다 아무것도 채워져 있지 않은 빈 그릇이라면 둘 다 별 의미가 없다. 4리터짜리 유리병이 더 많은 것을 담을 수 있는 가능성이 있다고 말한다면, 그것은 그저 가능성, 다시 말해 아직 일어나지 않은 일에 불과하다. 세상의 모든 일은 동전의 양면처럼 밝은 면과 어두운 면이 반드시 공존하기 마련인데, 이 '그릇' 또한 마찬가지이다. 아직 뭔가를 담지 않은 빈 그릇이 가진 어두운 면은 빈 수레가 요란하다는 말처럼 시끄러운 소리를 낼 수 있다는 것이다. 때때로 살면서 쉽게 호들갑을 떠는 사람을 보게 된다. 자신의 그릇이 채워져 있다면 어떤 일이 발생해도 잔잔하게 받아들일 수 있다. 그러나 그릇이 비어 있다면 빈 유리컵에 동전을 던져 넣을 때 '쨍그랑' 소음이 나듯 호들갑을 떨게 되는 것이다. 요컨대 비어 있는 큰 그릇보다는 잔잔하게 채워진 작은 그릇이 더 나을 수 있다는 것이다.

결국 그릇의 크기는 중요하지 않다. 어차피 각각의 그릇은 그 크기에 맞는 쓰임새가 있기 마련이다. 무라카미 하루키는 자전적 에세이 《직업으로서의 소설가》에서 다음과 같이 말한다.

"작은 주전자는 금세 물이 끓기 때문에 편리하지만 금세 식어버립니다. 한편 큰 주전자는 물이 끓기까지 시간이 걸리지만 일단 끓은 물은 웬만해서는 식지 않습니다. 어느 쪽이 더 뛰어나다는 것이 아니라 각각 용도와 본연의 특징이 있다는 얘기입니다."

그릇에는 각각의 쓰임새가 있다. 일부러 그릇의 크기를 키우려고 노력할 필요는 없다. 그보다는 내가 가진 그릇을 잘 채우기 위해 노력하는 것이 중요하다. 나의 그릇에 무엇을 담을지는 자신의 삶의 자세가 결정하는 것이다.

크기보다 중요한 것은 그릇을 무엇으로 채웠느냐 하는 것이다. 아무리 큰 그릇이라 하더라도 허영심으로 채워진 사람은 주변에 베푸는 것이 좋은 것이라며 감당하지 못할 만큼 사치를 부리기도 하고, 사소한 일에 신경 쓰다가 큰일을 놓친다며 디테일을 대충대충 넘기기도 한다. (그리고 어떤 사람들은 이런 모습을 보며 '역시 그릇이 크다'고 아부한다.) 반면, 어떤 사람은 그릇이 작은 만큼 사소한 일에 신경을 많이 쓰고 이것이 관계에서의 배려심으로 이어지기도 한다.

분명한 것은 타인에게 무작정 '그릇이 커야 한다'고 말하는 사람은 실상 그릇이 그렇게 크지도 않을 뿐더러 설령 그릇이 크다 할지라도 그 안에 타인에 대한 배려심이라는 것을 채우지 못했다는 거다. 자신의 그릇이 가득 차 있는 사람은 '그릇이 큰 사람'이 되라고 말하기보다는 '그릇을 잘 채우고, 그 크기에 맞는 쓰임을 찾으라'고 조언할 테니까.

16

닮았다

회사를 다닐 때의 일이다. 언젠가 업무가 조금은 한가했던 오후로 기억하는데, 같은 팀의 대리님이 나와 동기를 회의실로 불러 요즘 어떻게 지내는지 물으셨다. 이런저런 이야기를 나누다가 이유는 정확히 기억이 나질 않는데, 내 앞자리에 앉았던 다른 대리님의 이야기가 나왔다. 그분은 정말 잘 생기셨는데, '이제훈'하고 똑 닮았고 키도 180센티미터가 넘는, 말 그대로 '키 큰 이제훈'이었다.

나는 별생각 없이 (그 당시 분위기가 그렇게 무겁지 않았던 관계로) "그런데, 그 대리님 진짜 이제훈하고 똑같이 생기시지 않았어요? 정말 잘 생기셨어요"라고 말했다. 나만 그렇게 생각한 것은 아니었는지 내 옆에 있던 동기도 고개를 격하게 끄덕이며 동의했는데, 나에게 돌아온 말은 참 신선(?)했다.

"누군가를 칭찬할 때, '닮았다'라는 표현을 쓰는 건 좋은 게 아니야. 그건 그 사람의 아이덴티티를 훼손하는 거야. 그 사람 고유의 장점을 말해야지, 누군가와 '닮았다'고 말하면 안 되지."

아, 별생각 없이 말한 '닮았다'는 말이 누군가의 아이덴티티를 훼손할 수도 있는 말이라니! 잘 납득이 되지는 않았지만 그 자리에서 가타부타 따지고 들 문제는 아니었으니, 그냥 생각이 짧았다고 대답했다.

언젠가부터 '닮다', '닮았다'는 말이 부정적으로 쓰이기 시작하는 것 같다. 개성이 중요한 사회여서 그런지 '누군가와 닮아 있다'는 말은 개성이 없다는 뜻으로 여겨지는 것 같기도 하고, 음악이나 미술 등 문화 콘텐츠가 서로 닮아 있으면 즉각적으로 표절을 떠올리기 마련이다. 즉 '닮았다'라는 말에서 '표절'을 떠올리는 사회가 된 것 같다.

몇 년 전 큰 인기를 끌었던 웹툰 《치즈 인 더 트랩》에는 '손민수'라는 대학생 캐릭터가 나온다. 대학교 과 내에서 소위 말하는 '아싸'였던 손민수는 주인공을 동경해 주인공과 비슷하게 스스로를 꾸미고 스타일링하기 시작했다. 도가 지나칠 정도로 주인공을 따라 하는 손민수의 뻔뻔한 행동이 어찌나 밉상이었던지 이 캐릭터는 나중에 하나의 인터넷 밈이 되었고, '손민수하다'라는 신조어가 만들어져 누군가를 무작정 모방하고 따라 하는 행동을 의미하기에 이르렀다. '손민수'라는 캐릭터는 어떻게든 주인공과 닮아 가려고 발버둥쳤지만 정작 본인이 주인공을 따라 한다는 사실은 받아들이지 않았다. 결국 그녀는 자신의 아이덴티티가 위협받는다고 느낀 주인공에게 호되게 혼나고, 학교를 떠나게 된다.

그러나 누군가를 애써 따라 하는 것과 그저 닮아 보이는 것은 분명히 다른 문제일 것이다. 나는 나의 어떤 점이 누군가와 닮았다는 말을 들었을 때, 그 말이 나의 아이덴티티를 훼손한다고는 생각하지 않는다. 오히려 때로는 기쁘게 받아들일 수도 있을 것 같다. 특히나, 나의 삶의 양식, 삶의 태도가 누군가의 그것과 닮아 있다고 한다면, 그것은 어쩌면 내가 그 사람으로부터 많은 영향을 받았다는 의미이며, 그것은 아마도 그 사람의 삶과 태도를 배우겠다는 존경의 마음에서 비롯된 결과일 것이다. '닮았다'는 말은 어쩌면 내가 이 사회의 일원으로서 흠모하는 사람을 좇고 있다는 방증의 단어이다.

자신의 중심을 잃지 않고 존경하는 대상에게서 배우고자 하는 삶의 자세를 갖춘 사람에게 '닮았다'는 말은 그보다 더한 찬사가 없을 것이다. 반면, 누군가를 맹목적으로 따라 하는 사람에게 '닮았다'는 말은 그 사람의 콤플렉스를 건드리는 말이 될 것이다.

그렇다면, 서두에 언급한 사례처럼 태생적인 생김새 등이 누군가와 비슷해 보이는 경우에 건네는 '닮았다'는 말은 어떨까? 나는 진심으로 누군가를 칭찬하기 위해 '닮았다'는 말을 쓰는 것이어도 누군가는 그것에 대해 언짢을 수 있으니, 일단은 말을 아끼는 게 더 현명한 선택일 것 같다.

17

좋다

마스크를 쓰지 않아도 전혀 문제가 없던 시절, 한창 회사를 열심히 다닐 때 틈만 나면 여행을 떠나려고 했다. 여름 휴가철이면 꼭 해외여행을 갔고, 가끔 주말과 이어지는 공휴일이 있으면 제주도라도 다녀오려고 했다. 입사한 지 얼마 되지 않았을 때는 아직 에너지가 넘쳤는지 여행지에 가면 새로운 액티비티에 도전하고 유명하다는 곳은 모조리 방문하고자 최선을 다했다.

그러다 연차가 조금씩 쌓이면서 회사에서 맡는 업무가 바뀌듯 여행 패턴도 바뀌기 시작했다. 관광객들이 북적이는 곳은 피하게 되고, 그전에는 게스트하우스에서 머물며 저녁에 어떤 여행자들을 만날까 기대했다면 슬슬 게스트하우스보다는 혼자 쉴 수 있는 호텔이나 에어비앤비로 눈길을 돌리게 되었다. 바뀐 것은 여행 패턴뿐만이 아니었다. 여행지에서 내뱉는 감탄사도 변하게 되었다.

신입사원 시절에는 여행지에서 연발하던 호들갑은 또 그런 호들갑이 없었던 것 같다. "행복하다", "여기 꼭 다시 오고 싶다", "나중에 여자친구랑 무조건 다시 와야지" 등등. 그런데 언젠가부터 여행지에서의 기쁨을 표현하기 위한 어휘와 문장을 선택하는 데 매우 게을러진 나 자신을 발견했다. 어떤 여행지를 가도, "좋다"가 끝이었다. 정말 좋은 곳에 가도 그저 한 마디를 추가할 뿐이었다. "너-무 좋다." 기껏 다른 말로 표현해봤자 "대박!"이 전부였다. 세상의 모든 게으름이 그렇듯 언어 사용의 게으름 또한 관성이 있는지 이렇게 게을러진 언어 사용은 회사를 그만둔 지금도 그 영향력이 남아 있다.

몇 달 전 강원도에 다녀온 적 있었다. 삼척에 들러 하루를 자고, 강릉으로 이동하는 일정이었다. 삼척에서는 바다를 보러 갈 시간적 여유가 없어서, 강릉에 가면 무조건 바다를 먼저 보러 갈 계획이었다. 그런데 강릉으로 가는 버스를 타러 갈 때부터 빗방울이 떨어지기 시작하더니 강릉으로 이동하는 내내 거센 비가 왔다. 이만큼 비가 오면 바다를 보러 가기 어렵지 않나 내내 걱정했는데, 강릉에 도착하니 해는 나지 않아도 다행히 비는 멈추었다. 혹시 비온 직후의 바다를 본 적 있을지 모르겠다. 비온 직후의 바다는 푸른빛이라기보다는 어둡고 컴컴한 색이고, 파도소리 또한 청량하기보다는 마치 천둥소리처럼 들린다.

천둥소리가 나는, 어둡고 컴컴한 거친 너울은 내가 기대한 바다의 풍경과는 달랐지만 무척이나 운치가 있어서,

한참을 오도카니 서 있다가 영상을 촬영해 인스타그램에 업로드했다. '강릉 바다'라고 위치 태그를 달고, 다음과 같이 포스트를 썼다.

"날이 좋았다면 더 좋았겠지만, 바다에 오니 답답한 마음이 탁 트이면서 기분이 상쾌해진다. 오늘 느낀 건데, 바다에서 마음이 뻥 뚫리는 듯한 느낌을 받게 되는 까닭은 시각이 아니라 청각에 있는 것 같다. 파도 소리만 멍멍하게 들려오니까 잡생각이 사라지더라."

업로드하고 나서 습관처럼 비문은 없는지, 오타는 없는지 다시 읽어보았다. 그런데 읽으면 읽을수록 뭔가 문장이 이상하게 느껴졌다.

"날이 좋았다면 더 좋았겠지만"이라는 말이 되게 이상하게 들려서, '좋았다'는 표현을 '화창했다'고 바꾸기로 하고, "날이 화창했다면 더 좋았겠지만"이라고 고쳤다. 이렇게 고치면서 '좋다'라는 표현을 남발하는 관성이 아직까지 유지된다는 생각이 들었다. 가만히 생각해 보면 '좋다'라는 말은 참 뭉툭한 표현이다. 날이 화창해서 좋은 건지, 햇살이 따스해서 좋은 건지, 무더위에 구름이 뭉게뭉게 깔려 있어 생각보다 덥지 않아 좋은 건지… '좋다'는 말을 날씨에 갖다 붙이기만 해도 이렇게나 다양하게 세분화될 수 있는데, 그동안은 그저 "좋다"고만 했던 것 같다.

내 마음을 섬세하게 들여다보고 내 기분과 감정을 정확하게 표현하는 어휘와 문장을 선택하는 데는 분명 에너지가 들어가기 마련이다. 그런데 삶이 너무나 바쁜 우리는 이런 어휘와 문장을 선택하는 일에 있어 조금씩 게을러진다. 언어는 우리가 세상을 바라보는 해상도이다. 해상도가 높은 모니터는 이미지를 정밀하게 표현할 수 있듯, 섬세한 언어는 세상을 보다 정교하게, 디테일하게 인식하게 만들고, 나아가 감정과 기분을 섬세하게 표현하게 돕는다. 관성적으로 사용해 오던 몇몇 익숙한 단어의 쓰임새가 커지면서 사용하는 언어의 세계는 줄어들고, 그렇게 주변을 돌아보는 시선의 해상도는 낮아져만 가는 것인지 모르겠다.

영국의 평론가 존 러스킨은 "햇빛은 달콤하고, 비는 상쾌하고, 바람은 시원하며, 눈은 기분을 들뜨게 만든다. 서로 다른 종류의 좋은 날씨만 있을 뿐"이라고 말했다. 오늘 내가 느끼는 '좋음'의 실체는 무엇일까. 회사원이 여행지에서 연신 내뱉는 "좋다"는 말의 의미는 여행지의 날씨가 좋다는 것일까 아니면 일상을 탈출해서 좋다는 것일까. 좋은 게 좋은 거라고들 하던데, 도대체 좋은 게 뭘까.

18

싫
다

〈라라랜드〉를 좋아한다. 이 영화를 좋아하지 않는 사람이 있겠냐마는 솔직히 고백하건대, 나는 싫어했었다. 내가 이 영화를 좋아하게 된 지는 별로 오래되지 않았다. 2021년, 그러니까 올해 들어서야 처음 본 영화였으니까. 그전에는 〈라라랜드〉를 볼 기회가 없었다. (볼 기회가 없었는데 싫어했다는 말이 뭔가 이상하게 느껴진다면, 아주 예리하신 분이다.)

워낙 많은 사람의 사랑을 받은 영화라서 내가 〈라라랜드〉를 안 봤다고 하면 사람들은 그 좋은 영화를 왜 아직 안 봤냐고 하며 꼭 보라고 하곤 했다. 반골 기질인지 뭔지 모든 사람이 하나같이 극찬을 하니 왠지 모르게 더 보기 싫었던 것 같다. 그래서일까, 나는 〈라라랜드〉를 봐도 싫어할 것 같다고 대답하곤 했다. 실제로 나는 뮤지컬 영화를 딱히 좋아하는 편이 아니니까, 지레짐작했던 것일지도 모르겠다.

그러다가 시간이 흘러, 올해 들어서야 드디어 〈라라랜드〉를 보게 되었다. 막상 보고 나니 너무나 멋진 이 영화에 푹 빠져 버렸다. 〈라라랜드〉에서 가장 인상 깊었던 시퀀스는 엠마 스톤이 라이언 고슬링에게 사실 재즈를 싫어한다고 말하면서 시작된다. 재즈를 싫어한다는 말에 충격을 받은 라이언 고슬링은 엠마 스톤을 그 즉시 재즈 바로 데려가 함께 공연을 관람하며 열띤 설명을 한다. 그리고 말한다.

"내 생각에 사람들이 재즈를 싫다고 말하는 건 재즈의 역사나 뿌리를 잘 몰라서 그래요."

이 말은 영화 속 엠마 스톤뿐 아니라 나에게도 큰 울림을 주었다. 내가 〈라라랜드〉를 싫어할 것 같다고 했던 까닭은 바로 〈라라랜드〉에 대해 잘 몰랐기 때문이다.

비단 〈라라랜드〉뿐만이 아니다. 나는 살면서 몇몇 것들에 대해 그 실체를 경험해 보기 전에 싫어할 것이라고 지레짐작했던 것 같다. 내가 예전에 사귀었던 여자친구는 미식가였다. 새로운 음식에 도전해 보기보다는 그저 익숙한 음식만을 선호하는 보수적인 나에게 그녀가 권하는 다양한 음식들은 때때로 곤혹스러웠고, 결국 나는 먹어 본 적도 없는 음식에 대해 '싫어한다'고 말하기 일쑤였다. 분명히 그 음식들 중에는 몇 번 먹어 보면 내가 좋아하게 될 것들도 있었을 텐데 말이다.

이것은 인간관계에서도 마찬가지이다. 내가 누군가를

싫어한다면, 내가 그 사람에 대해 충분히 잘 알지 못하기 때문일 수 있다. '싫다'라는 것은 어찌 보면 '알아 갈 여지가 있다'라는 뜻일지도 모른다. '싫다'는 말이 나온다면, 한번 '모른다'라는 말로 바꿔 보자. 무지의 그늘을 인정할 때 앎의 빛이 들어설 자리가 생겨나고, 앎의 빛이 들어서면 애정이 자라날지 모르는 일이니까 말이다.

19

안
다

〈굿 윌 헌팅〉은 〈라라랜드〉 못지않게 내가 참 좋아하는 영화이다. 보통 이 영화에 대해 이야기하면 로빈 윌리엄스가 맷 데이먼을 따뜻하게 이해해 주고 공감해 주는 장면을 많이들 떠올리는 것 같다. 그런데 나에게는 맷 데이먼이 미니 드라이버(여주인공 스카일라 역)를 만나게 되는 장면이 가장 인상 깊었고 아직까지도 가끔 그 장면을 찾아볼 때가 있다. 정확히는 미니 드라이버를 만나기 직전 장면인데, 맷 데이먼은 벤 에플렉을 비롯한 친구들과 함께 하버드대학교 근처의 술집으로 놀러간다.

벤 에플렉이 먼저 미니 드라이버와 그녀의 친구를 보고 소위 말하는 작업을 걸려고 하는데, 그 모습을 보고 어떤 남학생이 벤 에플렉을 망신 주기 위해 '미국 남부 시장경제 발전사'에 대해 묻는다. 하버드대학교 학생 행세를 하던 벤 에플렉을 망신 주기 위해 일부러 학술적 논쟁을 하려는 양 시비를 건 것이었다. 맷 데이먼은 이 논쟁에 끼어들어 풍부한 독서량을 바탕으로 그 남학생을 그야말로 박살 낸다. 남학생이 사학자 빅커의 논문 내용을 마치 자신의 생각인 양 말하며 맷 데이먼에게 반박하려고 하자, 맷 데이먼은 남학생이 빅커의 논문 내용을 인용하려 한다는 것을 지적하며 다음과 같이 말한다.

"네 견해는 없는 거야?"

그리고 15만 달러의 학비를 쏟아붓는 것보다 도서관을 다니는 게 나을 거라고 일침을 가한다. 망신을 당한 남학생은 끝까지 "그래도 나는 학위를 받아. 그렇지만 넌 나중에 내 아들이 스키를 타러 다닐 때도 점원 노릇이나 하겠지"라고 말하면서 요즘 말로 '정신 승리'를 시도한다. 이에 대한 맷 데이먼의 강력한 한 방은 바로 "At least, I won't be unoriginal"이었다. 즉 적어도 표절은 하지 않는다는 것, 그래서 자신만의 오리지널리티가 있다는 것이다.

하버드생을 무참하게 무찔러 버린 맷 데이먼의 논쟁 장면이 오래도록 기억에 남는 이유는 다름 아닌 "네 견해는 없는 거야?"라는 질문 때문이다. 이 장면을 다시 찾아볼 때면 항상 내가 진짜 알고 있는 것은 무엇인지 자문하게 된다. 우리는 살아가면서 많은 것을 '알고 있다'고 착각한다. 그러나 우리가 알고 있다고 생각하는 것 중에서 정말 우리가 안다고 할 수 있는 것은 몇이나 될까.

초등학교 때 영어를 처음 배우면서 'I know'와 'I see'의 차이점을 배웠던 것이 생각난다. 기존에 이미 알고 있는 것을 말할 때는 'I know', 모르던 것을 알게 되었을 때는 'I see'. 'I see'의 영역이 늘어갈수록, 'I know'의 영역은 점점 줄어들어 간다.

무의식적으로 뭔가에 대해 '안다'고 말할 때면 흠칫 놀라게 된다. 이게 정말 내가 알고 있는 것일까, 아니면 어디서 들은 것을 기억하고 있는 것일까.

20

몰
라

"몰라, - 아니야?"

"몰라, -일걸."

"몰라, -잖아."

오래전에 인터넷에서 재미있는 게시글을 봤다. '한국인의 언어 습관'을 다루는 가벼운 유머였다. 그 가운데 대단히 인상 깊은 것이 하나 있었다. 많은 한국인이 어떤 질문을 받을 때, '몰라'라고 말하면서도 결국엔 줄줄이 대답을 다 이야기한다는 것이다.

예를 들자면, 이런 것이다. "철수 어디 갔어?" "몰라. 화장실 간 것 같은데?" 이런 것들. 느낌이 좀 오는가? 처음에 이 게시물을 봤을 때는 한국인들의 사소한 언어 습관을 잘 파악했다는 생각만 들었다. 돌이켜보니 나도 '몰라'라는 말로 대답을 시작하는 경우가 꽤 있는 것 같으니까 말이다.

그런데 시간이 지나도 그 게시물이 머릿속에서 떠나지 않고 자꾸 떠올랐다. 한국인은 왜, 아니 우리는 왜 진짜하고 싶은 말을 하기에 앞서 먼저 모른다고 하는 것일까? 잘은 '모르지만', 아마도 면죄부를 얻기 위한 목적으로 쓰는 게 아닐까 추측한다. 한 마디로 '몰라―' 뒤에 따라오는 말이 틀릴 수 있다는 점을 넌지시 암시하고, 실제로 틀렸을 경우에 '까이는 것을 방지하려는' 시도가 아닐까. 자신이 말한 것이 틀려서 비난 내지는 지적을 받게 되었을 때 '그러니까 내가 모른다고 했잖아'라고 이야기할 수 있는 여지를 두는 것이다.

과거 컨설팅펌에서 근무를 시작했을 때, 나보다 먼저 컨실딩펌에서 근무했던 친구가 이런 소언을 했다. "어떤 의견이 맘에 안 들거나 별로라고 생각되어도 대안을 제시할 수 없으면 그 의견을 까지 마." 처음 들을 때부터 굉장히 건강하지 않은 이야기라고 생각했는데, 정말 현실이 그랬다.

최근 들어 선배 컨설턴트와 저 이야기에 대해 의견을 나눌 기회가 있었다. 유능하디 유능한 그 선배는 저 이야기가 아주 합리적이라고 말했다. 컨설턴트들에게 주어진 시간은 한정적이니 불필요한 논란이나 걱정은 만들지 말아야 한다는 것이 그의 요지였다.

그 이야기를 떠올리며 왜 자꾸 '몰라'가 머릿속에 맴도는지 깨달았다. 아! 우리의 입을 막는 것은, 우리가 어떤 이야기를 할 때 '몰라―'라고 면죄부를 먼저 던지게 만드는 것은 다름 아닌 우리 사회구나. 우리는 시간과 효율에 집착하는 사회에 살고 있다. 따라서 시간과 효율을 낭비해서는 안 되기에 틀리는 것조차 용납받지 못한다. 그러므로 자신이 100퍼센트, 120퍼센트 확신하는 것이 아니라면 함부로 말을 할 수 없는 구조가 만들어지는 것이다.

모르는 걸 아는 체하는 것은 당연히 바람직한 행동이 아니다. 어설프게 알고 있는 것을 맹목적으로 주장하는 것 또한 분명히 잘못된 행동이다. 하지만 확신이 부족하다는 이유만으로 입을 닫아야만 하는 사회는 너무 슬프다. 우리 모두 조금은 관대해져야 하지 않을까.

21

그
냥

그냥 [그-냥]:

1. 더 이상의 변화 없이 그 상태 그대로

2. 그런 모양으로 줄곧

3. 아무런 대가가 조건 또는 의미 따위가 없이

국어사전에 나오는 '그냥'의 세 가지 뜻 뒤에 하나를 덧붙이고 싶다. '그냥'이란 "집착하지 않고 매사에 공평하게 성의를 다하는 것."

어릴 때 대한민국의 전형적인 모범생이었던 나는 학창 시절에 운 좋게도 공부를 열심히 하는 친구들이 많이 모인 환경에서 자랐다. 그러다 보니 자연스레 '열심히' 하는 자세에 높은 가치를 부여하게 되었다. 이와 맞물려 '그냥'이라는 단어는 왠지 모르게 열심히 하지 않는다는 의미인 것처럼 느꼈다. 뭐랄까, "그냥 해"라는 말이 약간은 성의 없게 들렸다고 할까.

그러나 요즘 들어 생각하기로는 '그냥'만큼 성의를 담아야 하는 단어가 또 있나 싶다. 무언가를 그냥 한다는 것. '그냥'은 어떤 특별한 의도 없이 말 그대로 '그냥' 하는 것을 의미한다. 이 '그냥'이라는 단어는 대단히 독립적이다. 다시 말해, '열심히'라든가 '성의 없이'와 같은 단어와 충분히 같이 쓰일 수 있다. 가령, '그냥 열심히 한다', '그냥 성의 없이 한다'와 같은 말들이 충분히 가능하다. 그래서 내가 생각하는 '그냥'의 반대말은 '집착'이다. 집착은 움켜쥐는 것이다. 무언가를 애써 움켜쥐려고 하지 않고 오롯이 성심성의를 다하는 것이 진짜 '그냥' 하는 자세라 믿는다.

'그냥' 하는 자세의 중요성을 절실히 깨달은 에피소드가 있다. 2019년 2월 말 회사를 그만뒀을 당시 나는 인생 최대의 몸무게를 기록하고 있었다. (그럼에도 불구하고 아무런 문제의식을 갖고 있지 못했다!) 회사를 그만두고 그동안 받았던 스트레스를 모조리 날려 버릴 듯이 먹고 놀다가, 그냥 언젠가부터 다시 운동을 조금씩 하기 시작했다. 운동을 하는 것 자체가 즐겁고 재미있었기에 특별히 체중을 재보거나 하지는 않았다. 그런데 어느 순간부터 친구들로부터 '살이 꽤 많이 빠진 것 같다', '보기 좋다!'와 같은 피드백을 듣기 시작했다. 그때까지는 체중을 감량할 의도 없이 그냥 운동하고 그냥 먹고 그랬는데, 그런 말들을 듣게 되니 왠지 마음이 동요되기 시작했다. 몸무게에 집착하기 시작한 것이다. 다른 일정으로 하루 운동을 못 하면 뭔가 죄책감이 들었고, 음식을 먹을 때도 은근히 칼로리가 신경 쓰이기 시작했다. 그러면서 내심 목표 몸무게를 설정하기도 하고, 운동하고 나서 체중계에 꼭 올라가 보기도 하고.

그러던 어느 날 체중계에 올랐다가 내려오면서 그런 생각이 들었다.

"그런데 내가 목표 몸무게에 딱 도달하면 뭐가 달라지는 거지? 그다음부터는 내가 운동을 안 할 건가?"

내가 목표한 몸무게에 도달했다고 해서 달라지는 것은 없을 것이다. 나는 운동이 좋아서 하는 것이고, 살이 빠지는 것은 그에 따라오는 결과일 뿐이다. 이렇게 마음을 달리 먹으니 훨씬 마음도 편해지고 운동도 여전히 그냥 부담 없이 할 수 있게 되었다.

돌이켜보면 나는 굉장한 집착형 인간이었다. 나만의 기준이나 계획, 목표를 세우면 그것에 굉장히 집착했는데, (사실 아직도 그런 면이 많이 남아 있기는 하지만) 요즘은 '그냥의 철학'을 실천해 나가고자 한다. 뭘 그리 애써 움켜쥐려고 할까. 그냥 하면 될 일인데….

22

가
난
하
다

나는 어릴 적 참 가난했지만(사실 지금도 별반 다르지 않은데), 가난을 몰랐다. 아낌없이 베풀어 주는 가족들 덕에 우리 집은 가난했지만 나는 가난을 모르고 컸다. 내가 나고 자란 곳은 군 단위 도서 지역의 '면' 지역, 한 마디로 두메산골이었다. 산골 마을에 옹기종기 모여 살며 이웃집 밥숟가락 개수까지 알고 있는 사람들의 경제적 형편은 대동소이하다. 다들 비슷하게 가난했다는 말이다. 나는 한 학년에 열 명이 채 되지 않는 분교를 다니다가 읍 지역 중학교로 진학했고, 다시 인근 시 지역에 있는 고등학교에 가게 되었다. 그렇게 내 세계는 조금씩 넓어졌고, 어릴 때는 인지하지 못했던 가난이 주변과의 비교를 통해 조금씩 피부로 다가왔다.

그렇게 경제적 가난을 체감해 가면서도 내 마음만큼은 가난하지 않았다. 아니 내 마음까지 가난해서는 안 된다고 생각했다. 가난이라는 건 지긋지긋한 것이니까 마음만큼은 풍요로워야 한다고 믿었다. 이런 믿음을 갖게 된 까닭에는 술자리에서 친구들이 이야기하는 이상형의 기준이 한몫했다. 친구들과 모여 술 한잔 하다 보면 으레 솔로

인 친구가 소개팅을 시켜 달라고 말하기 시작한다. 그러면서 자신의 이상형을 설파하는데, 잘 듣다 보면 남녀를 불문하고 성격이 좋은 사람이라는 기준을 꼭 말한다. 뭐가 성격이 좋은 거냐고 물어보면 세부적인 내용은 조금씩 다르지만 대충 마음의 여유가 있고, 너그럽고, 구김이 없는 성격을 의미하는 것 같았다.

먹고사는 일에 조금은 태연해진 이른바 어른이 되어서도 이런 술자리에서의 시시콜콜한 이야기는 도통 그 틀을 벗어나지 못하는데, 다만 경제적인 부분이 조금 더 추가된다는 정도의 차이만 있을 뿐이다. 이를테면, 당장 돈이 없어도 마음이 넉넉해야 한다든가 하는 것들.

이런 이야기를 들으면 들을수록 나는 마음만큼은 가난해서는 안 된다고 생각했다. 경제적 가난이야 내 노력으로 (큰 변화는 아니어도) 개선할 수 있는 영역이니 부끄러운 게 아니지만, 마음이 가난한 것은 그야말로 치명적인 오점이 되는 것 같달까.

그런데 가난한 마음을 달리 바라보게 된 계기가 있었다. 2019년 12월 즈음 우연히 KBS에서 방영한 〈세상 끝의 집 카르투시오 봉쇄수도원〉이라는 다큐멘터리를 보게 되었다. 카르투시오회는 1084년 성 브루노가 고독과 침묵을 수행하기 위해 설립한 수도회라고 한다. 수도회 안에서는 독방에서 기거하며 말을 하지 않는 외적 침묵과 내면의 잡념을 끊어내는 내적 침묵을 수행하며, 허가 없이는 바깥 세계와 전화도 편지도 안 되고 가족과도 1년에 단 이틀만 만날 수 있다. 이런 '위대한 침묵'의 길을 걷는 수도자가 세계적으로 약 370명 정도가 있는데, 전 세계 11개국에 분원이 있고 그중 한 곳이 한국에 있다고 한다.

홍미진진하게 다큐멘터리를 보던 중 수도사님들의 대화에 귀를 쫑긋 기울이게 되었다.

"가난은 우리를 비우고 겸손하고 초연케 한다."

"우리가 가난한 이들을 실제로 이해하기 위해서는 우리 스스로도 가난한 이들이 되어야 한다."

"우리가 불필요한 욕망들을 극복하고 거기에서 해방되면 마음이 가난한 사람이 되고 가난의 삶을 살 수 있을 것이다. 물질적인 가난보다 우선 정신적인 가난, 그것이 굉장히 중요하다."

"의지적으로 수용된 가난일수록 더욱더 하느님께 받아들여진다. 찬양할 만한 것은 궁핍이 아니라, 세상의 재물에 대한 자유로운 포기이다."

솔직히 100퍼센트 이해했다면 거짓말인데, 이 대화를

들으며 어쩌면 정신적인 가난이야말로 타인을 이해하기 위한 토대가 될 수 있겠다는 생각을 했다. 우리가 흔히 말하는 정신적으로 풍요로운 사람은 어찌 보면 결핍이 없다는 것을 말한다. 결핍이 없다는 것은 무언가를 채우기 위한 동력이 없다는 뜻이 된다. 이렇게 마음이 풍요로운 사람은 절박한 사람을 이해하지 못할 수 있다. 정말 빈곤이 지긋지긋해 어떻게든 탈출하려고 절박하게 노력하는 사람을 보며 '왜 그렇게까지 독하게 애쓰며 노력하냐', '그냥 즐기면 어떠냐', '있는 그대로 받아들여라'와 같은 이야기를 하는 것처럼. 정말 절박한 사람에게는 여유를 가지란 말이 어쩌면 일종의 폭력일 수 있다.

다큐멘터리에서는 궁핍은 멀리하되 가난은 찬양하라는 말이 나온다. 궁핍과 가난의 구분. 솔직히 고백하자면 다큐멘터리를 본 지 시간이 꽤 흐른 지금도 궁핍과 가난을 명확하게 구분하지 못한다. 다만 내가 깨달은 것은 나의 가난한 마음이 타인을 이해하는 열쇠가 될 것이라는 사실이다.

성경에서 가로되, "마음이 가난한 자에게 복이 있나니"라 했다. 그 복은 다름 아닌 초연한 자세로 타인을 이해하게 되는 모습이 아닐까 조심스레 짐작해 본다.

3장.   힘 빠지게 만드는

참 눈치 없는 말

23

웃는 얼굴에 침 못 뱉는다

사회 초년생이 되어 선배들에게 가장 처음 들었던 조언은 '웃는 얼굴에 침 못 뱉는다', 그러니 웃고 다녀야 한다는 것이었다. 아무래도 조금은 무뚝뚝한 내가 걱정되어서 그런 조언을 한 것일 테다. 웃음의 효과는 일부러 다시 한번 설명할 필요 없이 익히 알려져 있다. 웃으면 복이 온다는 말이 있는 것처럼 일단 웃으면 웃는 사람 스스로에게 득이 된다고 한다. 웃음은 도파민과 엔돌핀을 만들고 스트레스를 유발하는 코티졸을 감소시킨다고 하며, 따라서 기분이 좋지 않더라도 억지로라도 웃으면 덩달아 기분이 좋아진다고 한다.

웃음이 가진 효과는 한 가지가 더 있다. 바로 '거울 뉴런'을 자극한다는 것인데, 이 거울 뉴런은 어떤 행동을 보거나 소리를 들을 때 마치 거울처럼 그것을 따라 하게 만드는 역할을 한다고 한다. 한마디로 누군가 웃는 모습을 보게 되면 나도 따라 웃게 된다는 것이다. 이러한 원리를 이용한 것이 바로 시트콤이나 코미디 쇼 중간중간 삽입되는 웃음소리다. 시청자들은 이런 웃음 효과음을 들으면 같이 웃게 되고 더더욱 재미를 느끼게 된다고 한다.

이런 웃음의 효과를 도식화해 보면 다음과 같다고 할 수 있다.

기분이 안 좋아 보이는 상대방이 있다 → 내가 웃으며 다가 간다 → 나의 웃음을 본 상대방은 따라 웃게 된다 → 결과적 으로 상대방의 기분이 좋아진다

이 로직이 바로 사회생활에서 웃음이 무기로 쓰이는 방 식이라고 할 수 있다. 그리고 이 도식을 한마디로 정리한 것이 바로 '웃는 얼굴에 침 못 뱉는다'는 말이다. 사회생활 을 하면서 느끼는 웃음의 효과는 정말 강력하다. 상대방 을 무장해제시키는 것은 물론 스스로를 매력적으로 보이 게끔 만드는 것을 넘어 매료시키기까지 한다. 연예인들의 눈웃음을 생각해 보라!

그런데 나는 사회생활을 하면 할수록 '웃는 얼굴에 침 못 뱉는다'는 말이 점점 무서워졌다. 그것도 아주 소름이 끼칠 정도로. '웃는 얼굴에 침 못 뱉는다'는 말은 주어가 생략되어 있다. 이 문장에 주어를 넣어 보자. '웃는 얼굴' 의 주어는 역시 '나'일 것이며, 침을 뱉는 사람은 '상대방' 일 것이다. 즉 내가 웃으며 다가가면 상대방은 나에게 함

부로 하지 못할 것이라는 의미이다.

이제 이 문장의 주어를 바꿔 생각해 보자. 즉 상대방이 웃으며 다가오면 나는 상대방을 함부로 대하기 어렵다는 의미가 된다. 나는 문장의 주어를 이렇게 바꿔 보면서 등골이 서늘해졌다. 왜냐하면 내가 사회생활을 하면서 만난 악의 가득한 사람들은 하나같이 화사한 미소를 지으며 다가왔던 기억이 떠올랐기 때문이다.

어느 정도 나이가 들고 사회생활을 시작하면 초중고 학생 때와는 사뭇 다른 환경을 겪게 된다. 학생 때처럼 감정에 솔직하지 않다고 할까. 학생 때는 서로 기분 나쁜 일이 있으면 언성을 높이기도 하고 치고받고 싸우기도 한다. 그러고 나서 '쿨하게' 푸는 것이 일반적이었다. 또한, 대부분의 경우 누군가 나에게 무례한 언행을 하더라도 그것이 무례한 언행이라는 것을 즉시 알아차릴 수 있었다.

그러나 내가 겪은 사회생활은 학생 때와는 무척 달랐다. 일견 모두 교양 있는 지성인들이기에 언성을 크게 높이는 경우도 없고, 언쟁이 오가는 경우도 드물었다. 학창 시절처럼 욕설이 섞인 무례한 언행을 들을 확률은 0퍼센트에 가까웠다. 사회인으로서 겪은 무례한 언행은 교묘한 탈을 쓰고 다가왔다. 생글생글 웃으며 다가와 나를 '멕이는' 경우도 많았고, 활짝 웃으며 나에게 무리한 요청을 해 오고 그것을 거절하면 나만 쪼잔한 사람으로 만드는 경우도 적지 않았다. 사회에서 다가오는 '악의'는 절대로 학창 시절의 그것처럼 날것으로 다가오지 않는다. 대부분 환한 웃음으로 내 경계를 허물며 다가온다.

나는 그래서 이제 '웃는 얼굴에 침 못 뱉는다'는 말이 무섭다. 침을 뱉고 싶다는 생각이 들 정도면 굉장한 분노를 일으킨 상황일 텐데 그런 상황에서 내 맘대로 행동을 못하도록 제어한다는 의미 아니겠는가. 우리에게 갑자기 환한 웃음이 다가올 때는 그 뒤에 혹시 검은 의도가 숨어 있지는 않은지 살펴볼 필요가 있다. 그리고 혹여나 생글생글 웃는 모습 아래 나를 '멕이는' 무례함, 무리한 요구 등이 있다면 나도 모르게 따라 웃게 되는 웃음을 멈추고 기꺼이 불편함을 표현하는 용기를 가져야 한다.

24

이미 알고 계시겠지만

영업. 프리랜서의 삶에서 떼려야 뗄 수 없는 것이 바로 영업이다. 물론 한 분야의 전문가가 되어 업계에서 이름을 날리게 되면 영업을 하지 않고 수동적인 홍보만 해도 고객들이 알아서 찾아오겠지만, 그것은 소수에게나 해당되는 말일 뿐 나를 포함한 대다수 프리랜서는 발로 뛰어가며 적극적으로 자신을 알리고 영업해야 한다. 발로 뛰어가며 영업해야 한다는 말은 곧 사람을 만날 일이 많아진다는 뜻이며, 이는 고로 대화의 기술을 갈고닦아야 한다는 결론을 내기에 전혀 무리가 없다.

나에 대해 모래알만큼도 아는 게 없는 잠재적 고객을 만나 나를 알리고, 나의 콘텐츠를 홍보하는 일은 고도의 영업적 대화 기술을 요구한다. 절대 잘난 척을 해서도 안 되지만 경쟁자에 비하면 분명 잘난 면이 있다는 점을 은근히 과시해야 하면서도, 상대 담당자와 장기적 관계를 고려하면 인간적 매력을 느낄 수 있도록 겸손한 모습까지 동시에 보일 수 있어야 한다.

비록 다년간 회사 생활을 하면서 사회에서 사람을 만난다는 것의 의미는 충분히 알고 있었지만, 대부분의 시간을 앉아서 엑셀과 파워포인트와 씨름하며 보냈던 나에게 영업이라는 것은 참으로 낯설기만 했고, 지금까지도 여전히 어렵다. 한번 미팅을 하고 올 때마다 어떤 말을 더해야 했고 또 어떤 말은 하지 말았어야 했다는 아쉬운 생각을 지울 수 없다. 뭐든 차근차근 공부해 가는 것이 적성에 맞는 사람이기에 어떻게 하면 영업을 잘할 수 있는지, 구체적으로 말해서 어떻게 하면 영업 현장에서 대화를 부드럽게 이끌 수 있는지 많이 찾아보았다.

인터넷에서 이런 내용을 검색해 보면 어떠어떠한 표현이 상대방으로부터 호감을 불러일으킨다는 이야기가 나온다. 이미 알고 있었던 것도 있고, 새롭게 알게 되어 도움을 받은 것도 있으며, 몇 번을 읽어 봐도 도무지 공감하기 어려운 표현도 있는데, 그중 납득하기 가장 어려운 표현을 꼽자면 (제목을 통해 이미 알고 계시겠지만) '이미 알고 계시겠지만'이라는 말이다.

이 표현의 묘미는 자신은 상대방이 이미 알고 있는 것을 다시 한번 짚는 게 목적일 뿐 결코 잘난 척하려는 게 아니라는, 즉 자신은 겸손하다는 것을 알리는 데 있다고 한다. 생각해 보면 나도 회사를 다닐 때 이 말을 꽤 많이 사용했던 것 같다. 특히 연세가 있으신 부장님, 차장님께

무언가를 설명해 드릴 때 혹여나 그분들께서 무시당하는 느낌을 받지 않길 바라며 이 표현을 먼저 언급했던 것 같다. 그런데 정말 그럴까? 정말 이 표현이 상대방을 존중하고 잘난 척을 하려는 게 아니라는 겸손의 표현일까?

돌이켜보면, 나는 이 말을 뱉을 때면 솔직히 말해 당연히 상대방이 관련 내용을 모를 것이라고 생각했던 것 같다. 다시 말해, 속으로 상대방을 무시하고 있었다는 것이 진실에 가까울 것이다. 그저 영혼 없이 형식적으로 뱉은 말이었을 뿐이다. 형식이란 것은 대단히 중요하기에, 형식을 갖춘 것만으로도 상대방을 무시하고 있던 나의 속내를 사회적으로 능숙히 감추었다고 할 수 있겠지만, 이제 와이 표현을 돌아보자니 마음이 불편하다.

왜 '이미 알고 계시겠지만' 내지는 '잘 아시다시피' 등의 표현이 상대방을 배려하고 존중하며 나의 겸손을 표현하는 말이 되었고, 왜 그것은 대화의 기술이 되었을까? 나의 짐작은 모르는 걸 모른다고 말하기 힘든 우리나라 특유의 분위기 때문이 아닐까 싶다. 우리나라는 모르는 것을 모른다고 말하기 참 힘든 나라다. 아는 것도 모르는 척하는 것이 미덕이라고 하면서도 모르는 것을 모른다고 하면 왠지 대화의 흐름을 깨는 것만 같다. 당연히 서구 사회에 비하면 질문을 던지는 것도 쉽지 않다. (대표적으로 교육 현장을 생각해 보라.)

이런 점을 고려해 보면, '이미 알고 계시겠지만'이라는 말은 모른다고 고백할 수 있는 일말의 가능성마저 차단하는 냉혹한 속성을 갖고 있다고 할 수 있다. 아무런 조건이 없을 때도 모른다고 하기 힘든데, 하물며 '이미 알고 계시겠지만'이라는 말을 들으면 모른다는 것을 말하기란 더더욱 힘들어질 테니까.

이제 와 생각해 보니 정말 그랬던 것 같다. 누군가와 대화를 하다가 '이미 알고 계시겠지만'이라는 말을 듣게 되면 잘 모르는 내용도 적당히 아는 척 맞장구를 치게 되기도 했고, 심할 경우에는 '내가 그런 걸 알 리가 없잖아'와 같은 일종의 반항심, 즉 나를 놀리는 건가 싶은 생각이 들 때도 있었다. 이러나저러나 대화의 주도권은 저쪽이 가져가 버린 상황이 되어 버린 뒤였고.

이제야 저 표현이 영업의 기술이 된 이유를 알 것도 같다. 저 표현은 상대방의 질문을 차단하고 대화의 주도권을 쥐기 위한 기술이 아닐까? 그렇다면 정말 상대방이 잘 모르는 내용에 대해 무시한다는 느낌을 주지 않으면서 이야기하려면 어떻게 해야 할까? 내가 내린 결론은 단순하다. 그냥 솔직하게 상대방을 존중하면서 천천히 설명하면 된다. 이미 알고 있을 것 같다는 둥 가타부타 다른 말을 덧붙일 필요가 없다. 솔직하게 대화를 나누다가 상대방이 질문을 던지면 정말 무시하지 않고 부연 설명을 덧붙이면 된다. 상대방을 무시하고 말고는 고작 몇몇 표현으로 결정되는 것이 아니다. 상대방을 대하는 진심이 결정하는 것이다.

'이미 알고 계시셨시만' 같은 표현은 정말로 밀 그대로 대다수의 사람이 이미 알고 있는 내용에 대해 언급할 때나 써야 하는 말이다. 이를테면, "하와이안 피자는 정말 맛있죠"와 같은 것. "하와이안 피자는 사실 캐나다에서 만들어졌다는 것은 이미 알고 계시겠지만"이라는 말은 썩 좋은 대화의 기술이 아니라는 소리이다.

25

사람 불편하게 한다

몇 주 전 업무 관련하여 미팅을 했다. 완벽한 갑을 관계는 아니었는데, 아무래도 '업력'이 짧은 내가 저자세를 취할 수밖에 없는 미팅이었다. 미팅은 썩 매끄럽게 흘러가지는 않았다. 서로 원하는 바가 달랐다. 미팅에 나온 대표님은 내가 가진 아이템에 대해 이런저런 피드백을 하면서 당신이 바라는 방향으로 프로젝트를 진행해 볼 것을 재차 권유했다. 그 대표님께서 주는 피드백은 당연히 맞는 말들이긴 했지만, 워낙에 신중한 성격인 나는 그냥 '알겠다'는 대답만 반복했다.

그렇게 지리멸렬한 미팅이 끝나갈 때쯤, 그 대표님은 나에게 이런 말을 남겼다. "작가님, 그런데 사람 은근히 불편하게 하는 면이 있는 거 아세요?"

솔직히 조금 더 어렸을 때 이런 말을 들으면 발끈했을 것 같다. 겉으로 티는 내지 않더라도 속으로는 제법 기분이 상했을 이런 말에 이제는 더 이상 흔들리지 않는다. 요즘 말로 타격감이 '1'도 없다고 할까. (이런 말을 면전에서 할 수 있는데 왜 나를 불편하게 여겼는지는 참 의문이지만 말이다.)

"사람 불편하게 만든다."

이 말의 민낯을 벗겨 보면 '너는 내 뜻대로 휘둘려지지가 않네' 정도가 되지 않을까. 이와 비슷한 말이 있는데, 바로 '어려운 사람'이다. 나도 회사 생활을 할 때 유관 부서나 거래처와 미팅을 하면서 몇몇 사람들을 '참 어려운 사람, 쉽지 않은 사람'이라고 생각했던 경우가 있다. 그런데, 이 '쉽지 않은'에 집중해 보자. 도대체 뭐가 쉽지 않다는 걸까? 답은 명확하다. '내 마음대로 휘두르기 쉽지 않다', '내 마음대로 휘두르기 어렵다'는 의미이다.

이것을 깨닫게 된 이후로는, 누군가가 어렵다거나 쉽지 않다거나 내지는 사람을 좀 불편하게 만드는 구석이 있는 것 같다는 생각이 들 때마다 나 스스로를 돌아보았다. 어쩌면 내가 상대방을 내 뜻대로 휘두르려고 했던 것은 아닐까.

나는 우리가 굳이 다른 사람을 불편하게 만들어서도 안 되지만, 그렇다고 다른 사람을 편하게 만들어 줄 의무도 없다고 생각한다. 누군가가 어려운 사람으로 느껴진다면, 내가 선을 넘은 것은 아닌지 한번 돌아보는 건 어떨까 싶다.

26

나
결
혼
해

까-톡!

"오랜만이야. 잘 지내? 어떻게 지냈어?"

사회생활을 시작한 이후로 뜬금없이 안부를 묻는 친구의 메시지를 받으면 그저 반갑기만 하던 학생 때와는 다르게 답장조차 망설여질 때가 있다. '가만있어 보자, 이 친구와 연락을 주고받은 게 언제였더라? 꽤 된 것 같은데, 무슨 일일까?' 정말 진심으로 내 안부를 묻는 고마운 문자일 수도 있지만, 보험을 들어 달라거나 신용카드를 하나 만들어 달라거나 소개팅을 시켜 달라는 등 목적성이 다분한 문자인 경우도 적지 않다. 대뜸 연락하여 괜스레 말을 돌리고 뜸을 들이다 기껏 꺼내는 이야기가 보험, 신용카드 내지는 소개팅이라면 뭐라 대답해야 할지 난감하기도 하고, 짜증도 나고, 그 친구 스스로도 민망하지 않을까 하는 안타까운 마음이 들기도 한다.

이렇게 오랜만에 연락을 해 사람을 곤란하다면 곤란하게 만드는 문자 중 압권은 아마 "나 다음 주에 결혼해"가 아닐까 싶다. 결혼을 하게 되었으니 그전에 한번 만나서 식사라도 하자는 내용이면 그나마 낫지만, 모바일 청첩장만 달랑 보내면 왠지 축의금을 내놓으라는 것 같아 얄밉다. 이렇게 느끼는 사람이 나뿐만은 아닌 것이 분명하게도 인터넷 커뮤니티를 조금만 살펴보면 오랜만에 연락해 대뜸 결혼한다고 통보하는 친구 때문에 곤란하고 서운하다고 성토하는 글을 심심찮게 찾아볼 수 있고, 결혼식이야말로 인간관계를 한번 정리할 수 있는 기회라는 말도 있다.

결혼식 초대라는 것이 이렇게나 민감한 부분이기에 흔히 말하는 청첩장을 받는 모임에 갈 때면, 결혼을 축하한다는 덕담을 하고 준비 과정이 어느 정도까지 끝났는지 물으며 남은 것들도 잘 마무리하라는 격려를 하게 된다. 그 뒤에는 보통 하객을 얼마나 그리고 어느 범위의 친구들까지 불렀는지 묻는 이야기가 나온다. 친한 친구의 청첩장 모임을 다녀오던 어느 날, 나는 결혼을 하게 된다면 누구를 불러야 할지 가만히 생각해 보았다. 초등학교, 중학교 친구들은 애석하게도 아직까지 연락을 하는 친구가 없으니 해당 없고, 고등학교 친구들 중 대부분은 건너건너 소식을 전해 듣고 있긴 하지만 실제로 연락을 주고받는 친구는 두세 명 정도가 전부이며, 대학교 친구들도 상황은 비슷하다. 얼핏 듣기로 결혼식 하객의 큰 비중을 차지하는 것은 회사 동료들이라고 하던데 회사를 그만둔 지도 꽤 오래되었으니 딱히 누구를 부르기도 애매하다 싶다. 거쳐간 회사 조직을 하나씩 생각해 보면 지금은 여러 사정으로 인해 자주 연락을 주고받지는 않지만 인간적으로 참 괜찮았던 사람들이 몇몇 떠오른다. 같은 공간에서 부대꼈던 그들과의 관계가 현재진행형은 아니지만 그때의 기분 좋았던 기억을 되살려 내 인생에 가장 의미 있는 이벤트에 함께하며 축하해 주면 좋겠다는 (꽤나 자기 중심적인) 바람이 든다.

확실히 생각해 보면 오랜만에 연락해 청첩장을 건네는 친구가 얄밉다기보다는 오히려 연락해 주어 고마웠던 기억도 있고, 모종의 사정으로 연락을 하지 못해 뒤늦게 결혼 소식을 듣고 서운함을 느꼈던 경험도 있다. 여기까지 생각이 미치다 보니, 내가 누군가를 초대했을 때 그들이 부담을 느낄지 반가움을 느낄지, 초대를 하지 않았을 때 아무렇지도 않을지 서운함을 느낄지가 대단히 복잡하게 생각된다. 그래서 친구를 결혼식에 초대하는 상황을 다음과 같이 정리해보았다.

	친구가 참석한다	친구가 참석하지 않는다
내가 결혼식에 초대한다	A	B
내가 결혼식에 초대하지 않는다	C	D

이렇게 네 가지 상황이 존재한다. A 상황의 경우, 오랜만에 연락을 했음에도 친구가 반가워하고 축하해 주는, 가장 이상적인 상황이다. 아마 우리 모두 가장 바라는 상황일 것이다. B의 경우 역시 상당히 흔할 것이다. 초대받은 친구 입장에서 내가 얄밉게 느껴지거나 참석이 내키지 않는 상황인 셈이다. C는 두말할 것 없이 불가능한 상황이다. 문제는 D의 경우이다. 나는 D의 경우가 발생했을 때, 혹여나 친구가 서운해하면 어떡하냐는 걱정이 든다. 내 딴에는 오랜만에 연락하여 결혼식에 초대하는 것이 친구에게는 부담스럽게 느껴질까 우려되어 초대를 하지 않은 것인데, 오히려 친구가 서운함을 느끼면 어떡하지? 친구가 이런저런 사정으로 인해 불참하는 것은 개의치 않는데, 내가 친구를 서운하게 만들면 어떡하지?

친구가 부담을 느낄까 걱정되어 고민 끝에 초대하지 않는 것은 수비적인, 어떻게 보면 위험을 최소화하는 관계 기술이다. 그러나 이런 접근은 친구로 하여금 서운함을 느끼게 만들 수도 있다. 참으로 딜레마가 아닐 수 없다. 결혼이라는 것이 결코 쉽지 않은 요즘 세상에 이렇게 쓸데없는 고민을 한다는 것이 스스로 우습기도 한데, 다른 사람들은 어떻게 생각할는지 궁금하기 그지없다.

이런 생각을 머릿속에 넣어 두고 다니다가 절친한 친구의 청첩장을 받는 날이 다가왔다. 축하 인사를 건넨 뒤, 그 친구는 하객을 몇이나, 어느 범위까지 초대했는지 물어보며, 별생각 없이 내가 고민했던 내용을 꺼냈다. 그런데 매우 간결하게 돌아온 친구의 대답은 내 고민을 한 방에 해결해 주었다.

"나는 나중에 결혼할 때 어떤 친구는 초대해야 할지 말아야 할지 고민이 될 거 같아. 나는 그 친구가 와서 축하해 줬으면 하는데, 오랜만에 연락해서 초대하면 그 친구 입장에서는 좀 부담되긴 할 것 같거든. 나는 별로 부담 주고 싶지 않으니 초대하지 않아도 되는데, 친구가 못 온다고 해도 내가 서운해할 것 같진 않은데, 내가 진짜 걱정되는 건 혹시라도 나는 그 친구에게 부담을 주고 싶지 않아서 초대하지 않은 건데, 그걸로 친구가 서운해하면 어쩌나 싶어."

"그 친구가 서운할까 봐 걱정된다면, 그건 그만큼 친구를 생각한다는 건데, 그러면 그냥 초대하면 되지 않아? 친구가 부담을 느껴서 안 오든 기쁘게 오든 그건 친구의 몫인 것 같아. 그리고 네가 그렇게 친구를 그만큼이나 생각한다는 걸 친구도 분명히 알 거야. 그러면 된 거 아냐?"

이렇게 글로 적어 놓고 보니 참으로 간단하다. 친구가 부담을 느낄지 서운함을 느낄지 내가 앞서 계산해 보고 미루어 짐작해 볼 필요가 없다. 타인에 대한 배려는 자기 자신에게 솔직해지는 것에서 비롯되기 때문이다. 친구가 서운함을 느끼는 것을 원치 않는다면 그저 친구를 생각하는 진심을 다해 말을 건네면 된다. 그러면 나의 진심은 분명히 전해질 것이다.

27

둥글게 둥글게

회사라는 울타리에서 벗어나 프리랜서로서 홀로 선다는 것은 결코 쉽지 않은 일이다. 일정하지 않은 소득, 매년 잊지 않고 꼼꼼하게 챙겨야 하는 세무 문제, 스스로를 계속 알려야 하는 퍼스널 브랜딩 등등 신경 써야 할 것들이 한두 가지가 아니다. 그중 단연 나를 괴롭히는 것은 일정치 않은 소득이다. 아마 이것은 나뿐만 아니라 회사를 뛰쳐나온 이라면 누구나 겪을 수밖에 없는 문제일 것이다. (주식이라든가 비트코인이라든가 하는 것들로 소위 대박을 친 사람들에게는 해당 없겠지만.)

그래서 회사 밖의 사람들은 대개 여러 가지 업무 내지는 프로젝트를 병행한다. 나 역시 이것저것 다양한 일을 하고 있고 또 했었는데 그중 하나가 취업 컨설팅이었다. 직장 생활을 할 당시 이직을 꽤 많이 한 편이었고, 학부 전공이 HR(Human Resources, 인사 관리)이었기 때문에 취업 내지는 이직을 위한 나름의 팁과 노하우를 많이 갖고 있어서 이를 바탕으로 이력서 작성 등을 도와주는 일이었다. 이 일을 하면서 학생들이 털어놓는 근심이 대동소이하다는 걸 알게 되었다. 대개는 대학 생활 동안 자신의 적

성과 흥미를 발견하고 계발하려고 노력해왔는데, 취업을
위해 회사의 기준에 자신을 맞추려고 하니 너무 힘들다는
토로들이었다. 그리고 나의 대답 역시 (다들 예상하듯이)
어쩔 수 없으니 힘내자는 말이었다.

　이제는 회사라는 곳에 미련이 하나도 없지만, 나 역시
취업을 준비할 당시에는 정말 자기소개서를 100통도 넘게
썼던 것 같다. 나중에는 요령이 생겨 취업에 성공하고 나
서도 더 좋은 곳으로 여러 번 이직에 성공하기도 했지만,
처음 취업에 도전할 당시에는 정말 막막할 따름이었다.
'탈락'이라는 말이 일상이었다. 나중에는 '탈락'이라는 글
자를 봐도 무덤덤해지는 수준이었다. 어떻게 하면 취업에
성공할 수 있는지 지푸라기라도 잡는 심정으로 한 번도
뵌 적 없는 대학교 선배님에게 염치를 무릅쓰고 이메일을
보내기도 했고, 무작정 회사 앞으로 찾아가 현직자에게
말을 걸어 보려고 기다린 적도 있었다(그때 여의도의 겨울
바람은 그 어느 때보다 매서웠다). 정말 눈물겨운 취업 고군
분투기였다.

　하루는 친구와 함께 면접 스터디를 하기로 하고 카페에
서 기다리고 있었다. 주문한 커피가 나올 때쯤 도착한 친
구는 엄숙한 얼굴로 친한 과 후배 친구의 누나(그러니까 생

면부지의 전혀 모르는 사람)가 대기업 계열사의 인사팀에 근무하는데, 그 후배의 도움으로 취업 팁을 받았다고 말했다. 특히 그분은 이제 입사 3년 차이므로 그분이 알려 주신 자기소개서 작성법과 면접 전략은 아주 따끈따끈할 거라고 강조했다. 여러 이야기를 들은 기억이 나는데 그중 절대 잊을 수 없는 팁이 하나 있다.

"회사는 둥글둥글한 사람을 원해. 그래서 취업 준비 과정이라는 건 어떻게 보면 모가 나 있는 부분들을 둥글고 뭉툭하게 깎아 내는 거나 마찬가지라고 생각하면 돼. 그렇게 둥글둥글하게 만들어서 어떤 곳에 가도 잘 들어맞을 수 있게 하는 거지."

흠… 지금 생각해 보면 좀 무서운 말인데, 그때는 이 조언을 듣고 고개를 세차게 끄덕였던 것 같다. 그래서 혹시 내가 쓴 자기소개서가 모가 나 있는 것은 아닌지, 내가 너무 튀어 보이는 것은 아닌지 고민하고 고치면서 그렇게 나 스스로를 깎아 갔던 것 같다. 그 결과, 나는 제법 괜찮은 회사들을 거쳐 지금 이 자리까지 왔다. 그렇게 나 스스로를 둥글게 둥글게 깎아 내어 뭉툭하게 만든 결과, 이제는 어느 조직이나 모임에 가도 큰 무리 없이 스며들 수 있게 된 것 같다. 그런데, 이런 나의 모습이 정말 바람직한 걸까?

며칠 전 독서모임에 갔다. 독일 문학에 대해 이야기 나누는 자리였는데, 나는 이렇게 소설에 대해 이야기를 할 기회가 있으면 캐릭터에 대해 먼저 이야기하는 편이다. 소설 속 캐릭터 중 가장 공감이 갔던 인물은 누구였고, 어떤 인물은 현실에서 친구로 지내게 된다면 피곤할 것 같고, 어떤 인물의 이런 점은 본받을 만하고… 이런 이야기들을 가감 없이 풀어놓는다. 보통 이렇게 이야기를 꺼내면 다음 사람도 캐릭터에 대한 자신의 이야기, 즉 자신이 공감했거나 그러지 못했던 지점 등에 대해 이야기하기 시작한다. 이럴 경우 상대방의 생각과 내 생각이 다를지라도 그 의견을 적극 표출하지는 않는다. 그저 "아, 그렇게 생각하시냐. 흥미로운 생각이고, 나는 그렇게는 생각하지 못했는데 한번 그렇게 생각해 볼 필요가 있겠다"고 말하는 편이다. 즉 상대방과 대립각을 세우지 않는다. 물론 정말 신선한 관점이어서 이렇게 말할 때도 있지만, 나와 생각이 극단적으로 다르다고 할지라도 적당히 이렇게 말하고 만다. 어차피 주말에 머리를 식히고자 참여하는 모임인데, 굳이 열 낼 필요가 뭐가 있을까 싶으면서도 뭉툭하고 둥글둥글하게 다른 사람들과 어울려야 한다는 생각도 은근히 깔려 있기 때문이다.

그런데 며칠 전 모임에서 만난 어떤 멤버는 참 흥미로웠다. 나의 말이 끝나기가 무섭게 그녀가 입을 열었다.

"와, 저랑 어떤 면에서는 진짜 안 맞으실 것 같고, 또 어떤 면에서는 잘 맞으실 거 같네요."

이 말을 시작으로 자신의 의견을 개진하기 시작한 그녀는 소설 속 캐릭터에 대한 나의 의견에 감상을 쏟아 내기 시작했다. 다시 말하지만, 소설 속 캐릭터에 대한 그녀 의견이 아니라, 소설 속 캐릭터에 대한 나의 의견에 대한 그녀의 의견이었다. 기분이 나쁜 것은 아니었는데 굉장히 생경하고 낯설었다. 대학교를 졸업하고 이렇게 나의 의견에 대한 직접적인 감상을 들어본 적은 회사에서 상사에게 피드백을 받을 때밖에 없었던 것 같은데. 사적인 자리에서 내 의견에 대해 빙 돌아가지 않고 직접적으로 감상을 이야기하는 그녀를 보며 나에게는 저런 화법이 이제 낯설게 느껴진다는 사실이 놀라웠다. 돌이켜보면 요즘에는 어딜 가도 내 의견을 드러내야 하는 순간이 있으면, 우선 형식적으로나마 상대방을 칭찬하거나, 상대방 의견의 장점을 언급한 뒤 내 생각을 표현하곤 했다. 왠지 모르게 그래야 할 것 같았다. 그게 사회적인 예의이고, 이 사회에 걸맞는 뭉툭하고 둥글둥글한 사람의 미덕이라고 생각했으니까.

그런데 내 의견에 대한 본인의 감상을 가감 없이 표현하는 그녀의 모습을 보며 낯선 느낌과 더불어 색다른 호기심을 느꼈다. 그렇게 솔직하게 피드백을 해 주니 나 역시 더 적극적으로 내 생각을 개진해 보고 싶은 생각도 들었고 말이다.

이렇게 타인의 의견에 대한 자신의 감상을 직접적으로 표현하는 모습은 어떻게 보면 소위 말하는 사회적 스킬이 부족한 것일 수도 있겠다. 그러나 나는 그런 모습이 더 좋아 보였고 그런 모습을 보며 더 적극적으로 대화해 보고 싶은 생각도 들었다. 그리고 슬프게도 나는 그런 매력을 잃어버린 것만 같았다. 이제는 어느 모임, 어느 자리에 가도 무난하게 내 영역을 확보하고 다른 사람들과 어울릴 수 있는 뭉툭함을 얻었지만, 그 대신 상큼한 개성은 잃어버린 것은 아닐까.

뾰족한 부분, 다시 말해 잘라 내고 깎아 내어 뭉툭하고 둥글게 만들어야 하는 그 부분은 어쩌면 나만의 매력이 될 수 있는 고유한 개성일지도 모른다. 물론 뾰족한 부분이 다른 누군가에게 처음 다가갈 때는 그를 깜짝 놀라게 할 수도 있겠지만, 그 놀라움이 매력이 될지 무례함이 될지는 아무도 모르는 것이다. 무례함이 된다면 그건 그때

가서 수정하고 고치면 될 일인데, 우리는 너무 일찍부터 자신의 소중하기 그지없는 뾰족한 부분을 떼어 버려야 했던 건 아닌가 싶다.

처음의 이야기로 돌아가서 취업 과정의 힘듦과 어려움을 토로하는 친구들에게 그래도 어쩔 수 없이 회사에 둥글게 맞춰 가야 한다며 힘을 내라고 했던 내 입을 할 수만 있다면 틀어막고 싶다. 만약 내가 그때로 돌아간다면 이렇게 말해 주겠다. "자기소개서를 쓰는 순간, 면접을 보는 순간만큼은 회사에 맞추는 척해야 하고 그것을 절대 들켜서는 안 되지만, 너만의 뾰족한 부분을 절대 깎아 버리지는 마. 그건 나중에 너의 큰 매력이고 자산이 될 거야."

28

집에서 새는 바가지 밖에서도 샌다

―

집에서 새는 바가지 밖에서도 샌다.

가화만사성家和萬事成.

수신제가치국평천하修身齊家治國平天下.

이런 말들의 공통점은 '집'이라는 개념을 사회생활의 근본으로 본다는 것이다. 집에서 잘해야 밖에서 사회생활도 잘할 수 있고, 집안이 화목해야 그 밖의 다른 일들도 무탈할 것이며, 나를 잘 챙기고 집안을 잘 돌봐야 나라를 다스리고 천하를 평정할 수 있다고 한다. 과연 그럴까? 다시 말해 집 내지는 가정이라는 집단의 연장선이 사회생활일까? 가정에서 잘 생활하기 위해 필요한 요소와 사회에서 잘 생활하기 위해 필요한 요소가 정말 같을까?

사람마다 의견이 다르겠지만, 나는 아니라고 본다. '집에서 새는 바가지 밖에서도 샌다'는 말은 동양 특유의 결정론적인 사고방식이 담긴 속담이다. 집에서 하던 천성이 사회에서도 그대로 유지된다는 것이다. 이것은 가정환경과 사회환경이 본질적으로 동일한 맥락을 갖고 있다는 성급한 일반화의 오류를 범하는 것이다. 나는 이 속담을 들을 때마다 '자리가 사람을 만든다'는 말이 떠오른다. 언제는 자리가 사람을 만들기 때문에 주변 환경이 바뀌면 그 사람의 행동이 달라진다고 하더니 이제 와서는 가정에서 잘해야 사회에서도 잘할 수 있다고? 앞뒤가 전혀 맞지 않는다. 우리가 흔히 말하는 '가족 같은 회사'를 생각해 보자. 사회생활의 대표적인 장소인 회사와 가족을 합쳐 놓은 이 말을 인터넷에서 검색해 보면 가족 같은 회사의 진면목을 고발하는 글들이 수두룩하다. '가족이니 부담 없이 예의를 갖추지 않고 막 대하겠다'는 회사가 바로 '가족 같은 회사'라는데, 집에서 새는 바가지 밖에서도 샌다는 말을 하는 사람들은 정말 '가족 같은 회사'에서 가족끼리 하는 것처럼 할는지 궁금해도 너무 궁금하다.

가정에서는 잘해도 사회생활을 못하는 사람은 부지기수이며, 반대로 가정에서는 최악의 구성원이지만 사회에서는 뭇사람에게 존경을 받는 사람도 많다. 구체적인 사례를 열거하지 않아도 가정에서의 모습과 사회에서의 모습이 다른 경우는 우리 주변에서 너무나 쉽게 찾아볼 수 있다. 내 동생은 삼남매의 막내로 온갖 예쁨을 받으며 자랐다. 착하고 귀여운 동생이지만 가끔은 방을 어지럽히기도 하고, 늦잠도 많이 자서 잔소리를 하기도 했다. 잔소리가 절정에 다다랐을 때는 바로 수능을 보고 대학교에 입학하기 직전이었는데, 집에서 한참이나 떨어져 차로 대여섯 시간은 가야 하는 거리의 학교로 진학하게 될 때였다. 기숙사에 들어가지 못해 혼자 살 원룸을 구하는 동생을 보며 혼자 잘 살 수 있을지 걱정도 많이 했다. 늦잠을 자서 학교 수업에 늦지는 않을지, 밥은 잘 챙겨 먹을지 하는 걱정들은 몇 달 뒤 동생의 원룸에 놀러 갔을 때 완전히 불식되었다. 누구보다 깔끔하고 깨끗하고 착실하게 지내는 동생의 모습을 보면서, 괜한 우려였다는 생각을 했다. 그러면서 '집에서 새는 바가지 밖에서도 샌다'고 잔소리를 했던 내가 부끄러웠다. 나는 왜 그런 말을 했을까?

아마 집이라는, 가족이라는 환경 속에서 동생을 내가 원하는 방향으로 행동하게 만들려고 그랬던 것은 아닐까? 동생의 행동을 내가 원하는 방향으로 바꾸려고 동생의 현재 행동은 사회에서 부적합하다는 식으로 동생을 채근한 것은 아니었을까. 마치 내가 동생의 모든 것을 꿰뚫어 보고 있어 동생이 가족이라는 환경 밖에서 어떻게 행동할지 모두 다 알고 있는 것처럼 착각한 채로. 하나를 보면 열을 안다던데, 지금껏 세상을 살며 느낀 것은 '하나'를 보았을 때 '하나'라도 제대로 알면 다행이다 싶다. 세상에서 가장 가까운 가족, 연인, 친구를 보며 때때로 그들의 모든 것을 다 알고 있다고 오해한다. 그러고는 그들과 내가 상호작용하고 있는 관계의 맥락과 그들이 그 외의 맥락에서 행동하는 모습이 같을 거라고 지레짐작한다. 그러나 이런 지레짐작이야말로 바가지가 새고 있는 것과 같은, 반드시 고쳐야 하는 흠결일 것이다.

29

눈에는 눈 이에는 이

일상에서 흔히 듣는 말들에 대해 비틀어 보는 이 책에서 옛 어른들 말씀 틀린 것 하나 없다고 하면 왠지 모르게 조금 웃기기도 하고 아이러니하기도 하지만, 확실히 옛 어른들이 맞았던 말씀이 하나 있다. 그것은 바로 '눈에는 눈 이에는 이'이다.

나는 이 '눈에는 눈 이에는 이'라는 말을 참 좋아하는데, 안타깝게도 요즘은 이 말이 어찌 된 일인지 '쪼잔함'을 뜻하는 말로 사용되는 것 같다. 가령, 친구 사이에 밥을 사거나 하는 사소한 일상에서 자신이 한 만큼 돌려받으려는 사람에 대해 꼭 그렇게 '눈에는 눈 이에는 이'처럼 쪼잔하게 굴어야 하냐고 핀잔을 한다든가 하는 것처럼 말이다. 곰곰이 생각해 보면 나 역시 때로는 '뭘 내가 준 만큼 다 돌려받으려고 하나, 쪼잔하게'와 같은 생각을 했던 경우가 있는 것 같다. 그런데 한번 더 곰곰이 생각해 보면 '눈에는 눈 이에는 이'처럼 내가 한 만큼 받고, 내가 받은 만큼 돌려주는 것이 꼭 나쁘고 쪼잔한 건가 싶다. 어떻게 보면 진짜 공평한 것 아닌가?

이 유명한 문구는 사실 고대 메소포타미아 지방의 법률

을 집대성한 함무라비 법전에서 처음 나왔다고 한다. 이 말을 정확하게 이해하려면 조금 더 구체적으로 살펴볼 필요가 있는데, 본래는 싸움에서 다른 누군가가 내 눈을 다치게 했다면 절대 그 이상의 보복을 하지 말고 딱 눈까지만 다치게 하도록 한 것이 그 근본 사상이라고 한다. 요컨대, 과잉 보복을 막는 수단이었다는 것이다.

인간의 본성을 참 잘 꿰뚫은 법률이라는 생각이 든다. 인간의 본성에는 아름답고 선한 것들도 있지만 정반대인 것들도 있는 것이 사실이며, 그중 하나가 바로 보복 심리일 것이다. 미국 듀크대학교의 행동경제학자 댄 애리얼리 교수가 진행한 실험 결과는 이러한 사실을 여실히 보여준다.

실험 진행자가 뭔가를 열심히 실험 참가자에게 설명한다. 그러다 걸려온 전화를 받고는 한동안 요란하게 통화를 하다가 끊고는 한 마디 사과도 없이 다시 참가자에게 설명을 이어간다. 이 상황의 핵심은 실험 진행자의 무례하고 예의 없는 행동을 통해 실험 참가자를 불쾌하게 하는 것이었다.

사실 이 실험의 전체 그림은 이렇다. 실험 진행자는 카페에 혼자 있는 사람을 찾아가 실험에 참가해 달라고 요청하며, 참가 비용으로 5달러를 지급한다고 설명한다. 이에 동의하면 5분 안에 실험이 끝난다고 설명하고 5달러가 든 봉투와 받은 사람의 서명이 필요한 영수증을 미리 준다. 그리고 5달러가 맞게 들어 있는지 잘 확인하라고 당부한 후, 5분 정도 실험 진행자가 자리를 피해 주게 된다. 이후 돌아와 영수증을 챙겨 떠나게 되는데, 여기까지가 이 실험의 1차 시나리오이다. 그런데 이 실험은 사실 친절하게 실험 내용을 설명하는 '일반조건'과 위 상황처럼 무례하게 설명하는 '불쾌조건'으로 나뉜 실험이었다. 사실 봉투 안에는 1달러짜리 지폐가 6~9장이 무작위로 들어가 있었다. 실험의 진짜 내용은 봉투를 확인한 참가자가 초과된 돈을 진행자에게 돌려줄 것인지 여부를 관찰하는 것이었다.

실험 결과는 흥미롭다. 일단 6달러냐 9달러냐 하는 조건은 참가자가 돈을 돌려주는 행동에 영향을 미치지 않았다. 참가자의 행동에 영향을 준 요인은 진행자의 무례하고 예의 없는 행동이었다. 일반조건의 실험에서는 50퍼센트 이상의 사람이 초과된 돈을 돌려주었고, 불쾌조건의 실험에서는 진행자에게 돈을 돌려준 참가자가 14퍼센트 미만에 그쳤다. 진행자의 무례한 행동이 사실 몇 달러

되지 않는 돈마저도 돌려주기 싫을 정도로 기분 나빴던 것이다.

괜히 어려운 심리 실험 내용까지 소개해 봤지만, 쉽게 말해 한 대 맞으면 두 대 때려 주고 싶은 것은 어쩌면 DNA에 새겨진 인간의 본성일지도 모른다는 이야기이다. 굳이 이렇게 서구의 과학적 연구 결과가 아니더라도, '군자의 복수는 10년이 걸려도 늦지 않는다'는 중국 격언만 뇌도 인간의 보복 심리는 직관적으로 이해된다. 강산도 변한다는 10년이 지나도 보복하겠다는 심리에 등골이 서늘해진다.

개인적으로 생각하기에 이런 보복 심리를 극복하기 위해 필요한 것이 바로 딱 받은 만큼, 준 만큼만을 생각하는 '눈에는 눈 이에는 이'가 아닐까 싶다. 그리고 여기서 한 걸음 더 나아가 내가 '준 만큼' '받은 만큼'을 가늠할 때는 우리 인간은 참으로 자기 중심적이기에 내 입장에서는 적당히 손해를 본 것 같을 때가 비로소 양자에게 공평한 상황이 될 것이라는 점이다.

30

각자 입장 차이가 있지

회사를 다닌 기간에 비해 이직을 많이 한 편이라, 그리고 이직을 할 때마다 누가 봐도 성공적으로 했던 터라, 이직에 대해 그리고 취업에 대해 물어보는 친구들, 후배들이 많다. 취업과 이직에 대한 각자의 입장은 차이가 있기 때문에 그들이 물어보는 질문은 각양각색이지만, 공히 도통 답을 모르겠다며 어려움을 토로하는 면접 질문이 몇 가지 있다. 그중 대표적인 질문은 바로 이런 것이다.

상사가 내린 업무 지시가 자신이 생각했을 때 업무적으로 크게 비효율적인 것 같은 경우, 업무 지시를 그대로 따르는 편입니까, 아니면 그에 대해 상사와 논의해 수정하려고 하는 편입니까?

확실히 대답하기 쉽지 않은 질문이긴 하다. 상사의 지시는 무조건 따라야 하는 것이라고 생각한다고 대답하면 주체적이지 못하고 수동적인 사람이냐는 공격을 받게 될 것이고, 상사와 논의하여 수정할 것이라고 하면 그 역시 자기 생각만 고집하는 사람이냐는 공격을 받게 될 테니, 딜레마에 부딪히게 되는 고난도 질문임에 틀림없다.

물론 사회생활을 웬만큼 하고 나면 저런 질문에 대처하는 나름의 요령이 생길 것이다. 나 역시 나만의 답변 방식이 있고 여러 사람들에게 조언한 결과 매우 효과적이었다는 평을 들었다. 내가 생각하는 방식을 잠시 소개하자면, 바로 제3의 기준을 설정하는 것이다. 이런 딜레마 속 선택을 묻는 질문은 가만히 들여다보면 두 가지 가치가 대립하는 양상을 띤다. 위 예시를 놓고 보면, '상사 지시 순응'이라는 가치와 '업무 효율성'이라는 가치가 상충하는 것이다. 나는 여기서 제3의 가치를 새로 설정할 것을 조언하다. 예를 들면 다음과 같이 대답하는 것이다.

"저는 상사의 지시를 따르겠습니다. 기본적으로 저보다 경험이 많으신 분의 지시이므로 따라야 한다고 생각하기 때문이기도 하지만, 무엇보다 중요한 이유는 '팀워크'입니다. 제가 생각하기에 조직 생활에 있어서 가장 중요한 것은 팀워크입니다. 상사의 지시가 비효율적이라 하여 제 의견을 주장한다면 당장 해당 업무는 효율적으로 바뀔지 몰라도, 전체 팀워크가 깨질 수 있다고 생각합니다."

이렇게 대답하면 면접관 입장에서는 '팀워크'라고 하는 제3의 기준에 대해 물고 늘어지기 쉽지 않다. 이런 답변 방식을 알면 어렵지 않게 적당히 답변할 수 있는 질문이지만 막상 취업이나 이직을 준비하는 사람 입장에서는 면접 현장에서 이렇게 대답하는 것이 솔직히 쉽지만은 않을 것이다. 대개는 두 선택지 중 하나를 고른 뒤 면접관으로부터 다른 선택지는 중요하지 않냐는 공격을 받게 되고, 그러다 보면 사실 두 선택지 모두 중요하게 생각한다는 최악의 답변에까지 이르게 되어 면접관은 그래서 이떤 납을 하고 싶은 거냐며 답답해하는 경우가 비일비재하다.

이처럼 딜레마에 빠뜨리는 질문에 대해 고민을 털어놓는 사람이 있으면 항상 위와 같은 조언을 하곤 한다. 이 답변 방식을 들으면 대부분의 사람이 생각보다 어렵지 않다고, 간단하다고 말한다. 이렇게 제3의 기준을 설정하는 방식을 면접 현장에 한해 생각해 보면 쉬워 보일지 모른다. 그러나 많은 사람이 일상생활에서는 두 가지 선택지가 모두 옳다는 식의 대답으로 듣는 이를 답답하게 만든다.

많은 사람이 '각자에게는 각자의 입장이 있다'고들 말한다. 그러면서 상대방을 이해해 보라고 한다. 그런데 나는 누군가 "각자 입장 차이가 있는 거지"라고 말하는 것을 들을 때면, 솔직히 말해 '나는 두 입장 모두 관심이 없어'라는 말로 들린다. '나는 별 관심 없으니 신경 *끄겠어*'라는 말을 아주 세련되고 고상하게 포장한 말이 '각자 입장 차이가 있지'라고 생각한다. 적극적으로 대화에 참여하고 싶지 않을 때 상황을 적당히 종결지으며 한 발 빼는, 어떻게 보면 누구 한 사람 편을 들지 않겠다는 약간은 비겁한 말이다. 그래서인지 이 말은 상황과 논의를 종결짓는 말로 쓰이는 경우가 많다. 그러나 '각자 입장 차이가 있지'라는 말은 논의의 종결이 아닌 시작을 알리는 말이다. 각자 입장 차이가 있으니, 서로 간에 의견이 다르다는 것을 알았으니 이제서야 비로소 좀 더 구체적인 이야기를 나눠 볼 준비가 되었다는 것이다.

설령 입장이 다른 사람들이라고 하더라도 그들이 엮인 상황, 즉 그들이 상호작용하는 맥락 안에서는 절대적인 가치가 존재할 것이다. 회사 안에서는 팀워크가 무엇보다 중요한 가치인 것처럼, 시간 약속이라는 맥락에서는 정해진 시간을 지키는 것이 최우선적인 가치이다. 각자의 입장은 이 맥락적 절대 가치에 후행한다.

나는 감히 '네 말도 맞고, 네 말도 맞다'던 황희 정승은 틀렸다고 말하고 싶다. 어느 날, 글을 읽고 있는 황희 정승에게 종이 찾아와 호소하였다고 한다. "저 종은 여차저차하여 몹시 사악합니다." 그에 대해 황희 정승은 "네 말이 맞다"고 대답하였고, 조금 뒤 다른 종이 와서 "그 종은 이러저러하여 간악합니다"라고 고하였더니 황희 정승은 이번에도 "네 말이 맞다"고 대답하였다고 한다. 이를 지켜보던 조카가 "숙부께선 판단이 흐려지신 듯합니다. 저 둘 중 누구는 이러저러하고, 누구는 여차저차하여 이쪽이 옳은 듯합니다"라고 의견을 내니 이번에도 "네 말이 맞다"고 응수한 뒤, 계속 글을 읽었다는 이 일화의 압권은 마지막에 있다. 바로 '계속 글을 읽었다'는 것이 핵심이다. 다시 말해 황희 정승은 주변 일에 큰 관심이 없었던 것이다. 남들이 뭐라고 떠들든 그저 글을 읽고 싶었던 것이다. 이 일화가 황희 정승의 너그러움을 묘사하는 듯 쓰이지만, 사실 황희 정승은 그냥 관심이 없었을 뿐이다.

우리가 실제 생활에서 이런 사람을 마주친다고 생각해 보자. 기분이 어떨까? 나는 황희 정승보다는, 설령 내 편을 들어 주지 않더라도, 상황에 대해 확실하게 판단하는 조카를 더 만나고 싶다. 세상에는 각자의 입장을 내세우기에 앞서 반드시 고려해야만 하는 보편타당한 맥락과 가치가 있다. 맥락을 바라보지 않고 단순히 각자 입장 차이가 있다고 말하는 것은 그들의 입장은 내 알 바가 아니라는 말과 다르지 않다.

31

입장 바꿔 생각해 봐

입장을 바꿔서 생각해 보라는 말. 고상하게 말하자면 역지사지의 자세. 많은 이들이 실천하려고 노력하지만 쉽사리 되지 않는 것이 바로 입장 바꿔 생각해 보는 것이지 않을까 싶다. 나 역시 항상 다른 사람의 입장에서 생각해 보려고 노력하지만, 인간은 자신이 직접 겪지 않고서는 제대로 느낄 수 없듯이 아무리 그 사람의 입장에서 생각해 보려고 해도 결국 상상의 나래만 펼치게 될 뿐이다. 그러던 어느 날, 입장을 바꿔 생각해 보는 것이 아니라 정말 입장을 바꿔 보게 된 경험이 있었다.

코로나바이러스가 우리 사회를 휩쓸기 이전 내 취미 중 하나는 서울의 유명한 요가 스튜디오 곳곳을 원데이 클래스를 통해 가 보는 것이었다. 2019년 하반기 동안 대략 40~50회 정도 참석했던 것으로 기억한다. 원데이 클래스라고 하면 해당 요가원의 정규 수업에 한 번 참석하는 것과 말 그대로 일회적으로 특별하게 구성된 클래스 둘 다를 말한다. 그리고 후자의 경우, 여성 참가자들이 거의 대다수이다. 기본적으로 현대에 와서 남자보다 여자가 요가를 더 많이 하기 때문에 요가원에 가면 여자 수련생이 더 많긴 하지만, 원데이 클래스에서는 그 비율이 거의 9:1 수준에 달하는 것 같다. 아무래도 남자 수련생의 절대적인 수가 적기도 하고 남자 수련생은 따로 시간을 내어 원데이 클래스에 참여하기보다는 그냥 다니던 곳에서만 수련하는 경향이 있는 것 같다.

여하튼, 원데이 클래스에서 만나게 되는 여자 수련생들의 아웃핏을 보면 대개 비슷하다. 슬리브리스 탑에 레깅스. 물론 그 안에서 컬러나 핏 차원에서 베리에이션이 있긴 하지만 큰 틀은 비슷하다. 조금은 뜬금없게 들리겠지만 나는 이것을 보고 부럽다고 느꼈다. 남자 요가 수련생에게는 딱히 정해진 요가 아웃핏이 없어서 원데이 클래스를 갈 때면 뭘 입고 가야 할지 고민이 될 때가 종종 있었다. 운동하러 가는데 무슨 옷차림을 신경 쓰냐고 할 수도 있겠지만 매일 다니는 요가원이 아니라 처음 가는 요가원의 원데이 클래스에 참석할 때는 아무래도 신경을 쓰게 된다. (지극히 낮은 확률이지만) 아는 사람을 만날 수도 있지 않은가. 무엇보다 그 공간에 자연스럽게 녹아들고 싶은데, 혼자만 눈에 띄거나 하면 어쩌나 싶기도 했다. (물론 경험적으로 느낀 바에 따르면 이것은 100퍼센트 기우이다. 막상 수련하러 가면 아무도 나의 옷차림에 신경을 쓰지 않는다.)

우선 바지 같은 경우는 요가복 전문 브랜드에서 나온 요가 팬츠를 입을 때도 있지만, 그냥 평범한 추리닝을 입고 갈 때도 많다. 그리고 티셔츠 같은 경우는 보통 기능성 티셔츠를 고르는 편인데, 나의 경우 대개는 마라톤 대회에 나가서 받은 티셔츠를 입는다. "2019 10K Running!" 이런 문구가 쓰여 있는 것들. 때로는 너무 후줄근한 것 같아, 티셔츠도 요가복 전문 브랜드에서 판매하는 제품을 구매해야 하나 싶을 때도 있었는데, 쓸데없는 과소비 같기도 하고 운동을 하는데 조금 후줄근한 티셔츠를 입는 게 대수인가 싶기도 했다. 그래서인지 원데이 클래스에서 종종 마주치는 남자 수련생들의 아웃핏을 보면 정말 천차만별이다. 위아래로 유명 브랜드를 딱 맞춰 입고 오는 사람도 있고, 나처럼 목 늘어난 티셔츠에 추리닝을 입고 오는 사람도 있고 각양각색이다. 전반적으로 대동소이한 아웃핏을 입는 여자 수련생들에 비하면 사뭇 그 편차가 크다.

이런 생각을 하다 보니 이게 마치 회사 생활을 할 때 남성은 단순한 정장을 입고, 여성은 매번 꾸며야 하는 상황과 비슷하다는 데까지 생각이 다다랐다. 내가 과거에 다녔던 회사는 기본적으로 정장을 입는 것이 원칙이었다. 그

때 남성에게 있어 '수트'는 참 편리한 복식이라는 사실을 깨달았다. 멋 부리기를 좋아하는 사람이라면, 수트라는 카테고리 안에서 핏을 바꾸고, 얼터레이션을 하고, 액세서리를 착용하면서 화려하게 꾸밀 수 있다. 멋 부리는 것에 관심이 없는 사람은 그냥 적당한 수트를 입으면 된다. 멋진 수트를 입어 패셔너블하다는 찬사를 들을 수는 있어도 수트를 대충 입었다고 해서 옷을 못 입는다는 이야기를 들을 일은 거의 없다. 마치 운동할 때 여성이 그냥 대충 탑에 레깅스 하나 입어도 촌스럽지 않은 것처럼.

반면 여자들 같은 경우는 딱 하나로 정해진 '정장' 양식이 없다. 블라우스와 치마, 자켓 등이 남자의 수트와는 다르게 굉장히 다양하다. 그러다 보니 알게 모르게 옷차림에 스트레스를 받는 경우를 종종 봤다. 마치 내가 원데이 클래스를 들으러 갈 때 (비록 회사에 출근할 때 고민하는 만큼은 아니지만) 아웃핏이 적당한지 너무 촌스럽지는 않은지 은근히 고민하게 되는 것처럼. 물론 내가 운동하러 갈때 복장을 그때 잠깐 고민하는 정도와 사무직으로 일하는 여성이 매일매일 옷차림에 신경 쓰는 정도는 그 차원이 다를 것이라는 점은 너무나 잘 알고 있다. 이렇듯 정말로 입장이 바뀌어 봐야 생각이 달라지는 것인가.

그런데 여기서 끝이 아니다. 나는 내가 겪은 것과 느낀 점을 여자 친구들에게 공유했다. 그러자 그 친구들은 (이 글을 읽는 몇몇 여성 독자들도 비슷한 반응일 거라 예상되는데) 여성 요가복이 탑과 레깅스로 단순해 보여도 그 안에 슬리브리스인지, 7부인지 9부인지 등 다양한 변주가 있으며, 이것이 은근히 아니 상당히 신경 쓰이는 지점이라고 말했다. 즉 역시나 내가 남성이기 때문에 이해하지 못하는 여성 요가복의 세계가 있다는 것이다. 남성 정장의 세계를 이해할 노력을 보이지 않고, 그저 여성 정장에 비해 편하기만 한 옷이 바로 남성 정장이라고 말했던 그들이 여성 요가복의 복잡다단함을 항변하는 모습은 마냥 아이러니했다.

입장을 바꿔 보면 정말 생각이 바뀌는 걸까? 웹툰《송곳》에서는 "서는 자리가 바뀌면 보이는 풍경도 달라진다"고 말했다. 그러나 '보이는' 풍경이 달라질지언정 그 사람이 '보는' 풍경은 여전히 같은가 보다. 역시 사람은 자기가 보고 싶은 것만 보는 법.

4장.　**눈치 없이**

유행만 따르는 말

32

어
린
이

나는 '요린이'다. 요가를 시작한 지 3년 정도밖에 안 되었다. 나는 '런린이'다. 10킬로미터를 뛰는 데 50분의 벽을 아직 깨지 못했다. 그리고 나는 '수린이'다. 접영을 배우다 그만둬 아직 접영을 하지 못한다. '주린이'기도 하다. 주식 투자를 하긴 해도 남들 다 투자하는 몇몇 유명 종목에 별로 크지 않은 소액을 넣은 뒤 잊고 살고 있는 정도이다.

바야흐로 '-린이'의 시대다. 과거에 비해 경제가 성장하며 여유가 생겨서인지, 코로나 사태로 인해 집에만 있어야 해서인지 여러 이유로 사람들은 제2의 나를 찾고 또 새로운 취미에 도전하고 있다. 이 과정에서 필히 따라붙는 단어가 바로 '-린이'. 어린이에서 따온 '-린이'는 새롭게 시작하는 취미나 활동 등에 접미사로 붙어 초심자를 일컫는다.

그런데 요즘 일각에서는 이 '-린이'라는 표현에 불편함을 드러낸다. 불편함의 요지는 초보자, 초심자와 어린이를 동치에 두고, 나이가 어린 사람을 이르는 어린이를 미숙한 존재로 여긴다는 거다. 이런 언어적 쓰임이 가속화되면 어린이는 미성숙하다는 사회적 편견이 고착화될 것이 우려된다는 의견도 있다.

그런데 나는 생각이 조금 다르다. 어린이가 신체적, 정신적으로 미성숙한 것은 당연하다. 말 그대로 아직 어리니까. 마치 내가 요가를 하면서 내 몸을 제대로 움직이지 못하고 낑낑대는 것처럼, 러닝을 할 때 조금만 뛰어도 헉헉대는 것처럼 어린이는 아직 발전과 성장의 여지가 더 많은 존재이다. 물론 영재발굴단에 출연하는 말도 안 되는 천재 수준의 어린이가 있겠지만 이는 그야말로 '아웃라이어'이다.

나는 오히려 어린이를 성숙한 존재로 바라보고 존중해야 한다는 시선이 더 무섭다. 우리가 성숙한 존재에게 바라는 것을 한번 생각해 보면, 여러모로 완성되어 실수를 하지 않고 실수를 하더라도 응석을 부리지 않는 그런 모습을 바란다. 이런 모습을 어린이에게 바란다고 생각해 보면 끔찍하다. 어린이는 아직 미성숙하기에 실수를 하기도 하고, 금방 포기하는 모습을 보이기도 한다. 중요한 것은 우리 '어른'들이 이런 어린이들을 보살필 의무가 있다는 것이다. 어린이들의 실수를 너그러이 이해해 주고, 설령 실수를 반복하더라도 더 나은 방향으로 성장하고 나아가도록 이끌어 주어야 하는 것이 어른의 책무이다.

나에게는 "나는 요가 초보자예요"라는 말보다 "나는 요린이예요"라는 말이 더 정겹게 다가온다. 초보자라고 하면, 전문가의 말을 있는 그대로 수용해야 할 것 같은 느낌이 든다. 연습을 하다 보면 엉뚱한 질문이 생기기도 하는데 그런 것은 그냥 지워 두고 나보다 앞서가고 있는 전문가의 가르침과 조언을 그대로 받아들여야 할 것만 같다. 그런데 요린이, 요가 어린이는 어떤가. 어린이는 말 그대로 자유롭고 창발적으로 사고하며 얽매이지 않는다. 그러다 보니 엉뚱한 질문을 하기도 한다. 이런 어린이의 엉뚱한 질문에 인내심 있게 대답해 주는 것이 사회의 의무이다.

다시 말해, '요린이', '런린이', '주린이'가 어리석은 질문을 하더라도 정겹게 들으며 '그런 질문'을 충분히 할 수 있다는 분위기를 만들어 주는 것이 더 중요하지 않을까. 무언가 서투른 모습을 보이는 사람을 '어린이'로 묘사한다고 해서 혐오·차별적 표현이라 이르는 것은 '어린이'에게 너무 과도한 책무를 지우는 것이 아닐까 싶다. 어린이는 어린이다울 때 가장 건강한 사회라 믿는다.

33

흐름대로 가

언젠가 가수 이효리 씨가 TV에서 "아무나 돼!"라고 일갈한 장면이 있었다. 이효리 씨는 모 TV 프로그램에 출연하여 이경규 씨, 강호동 씨와 함께 길을 가다가 어느 초등학생과 만나게 되었다. 이효리 씨는 〈효리네 민박〉에서 봤다며 반가움을 표하는 아이에게 고맙다는 말을 건넸고, 그 모습을 본 강호동 씨가 아이에게 질문을 던졌다. "어떤 사람이 될 거예요?" 이 질문에 대해 옆에 있던 이경규 씨가 말했다. "훌륭한 사람이 되어야지." 그때 이효리 씨는 단 1초의 망설임도 없이 말했다.

"뭘 훌륭한 사람이 돼? 그냥 아무나 돼."

해당 프로그램이 방송된 이후 인터넷 커뮤니티의 반응은 뜨거웠다. 댓글창은 크게 공감하며 속 시원하다는 내용이 가득했고, "이효리가 제주도에 가서 오랫동안 요가를 수련하더니 자연스럽게 흐름대로 살아가는 것의 중요성을 깨달은 것 같다"는 등 여러 의견이 달렸다.

사실 요가를 하다 보면 '흐름대로 가'라는 말을 많이 듣게 된다. 조급해하지 말고 자연스럽게 지내다 보면 다 잘 풀릴 것이라는 이 말을 자주 듣다 보니 언젠가는 무슨 만트라* 아닌 만트라처럼 들릴 때도 있었다. 그런데 때때로 이런 말들이 조금은 불편하게 느껴질 때가 있다.

한번은 이런 적이 있었다. 나는 지금 글 쓰는 일을 하지만, 최근 들어 관심 있는 요가·명상 제품을 수입하는 유통 프로젝트를 기획하여 진행하고 있다. 사업을 진행해 나가며 어려움을 겪을 때 가끔 주변 사람들과 이야기를 나누다 보면 솔직히 답답할 때가 있다. 이 프로젝트를 꼭 성공시키려면 더 열심히 해야 하는데 요새 좀 게을러진 것 같다고 말하면 '꼭 성공해야 하나?', '꼭 열심히 해야 하나?', '흐름대로 가라'와 같은 말을 들을 때가 있다. 그럴 때는 솔직히 약간 답답함을 느끼게 된다.

앞서 언급한 이효리 씨의 일갈에 힘입어 요즘은 '흐름대로 가라'는 취지의 말이 정말 많이 쓰인다. 그러나 흐름대로 간다는 것은 그냥 자기가 할 만큼 했다고 생각하며 거대한 삶의 물결에 흔들리며 흘러간다는 것이 아니다. 흐름대로 가기 위해서는 오히려 때때로 흐름을 거슬러야만 한다. '거꾸로 흐르는 강물을 거슬러 오르는 저 힘찬 연어들처럼' 말이다. 연어가 만약 죽음을 무릅쓰고 힘차게 뛰

---

* 만트라: 진언, 진실한 말이라는 뜻으로 기도나 명상 때 외우는 주문

어올라 폭포를 건너는 것을 포기하고 그대로 강의 흐름에 몸을 맡기면 그것이 진짜 흐름대로 사는 것일까? 영어에서는 "only dead fish go with the flow(오직 죽은 물고기만이 흐름대로 간다)"라는 블랙 코미디 문장도 있다. 흐름대로 가라는 것이 도대체 무슨 뜻이냐고 물어보면 많은 이들이 그냥 자연스럽게 가는 것이라고 말한다. 하지만 진짜 제대로 흐름대로 가기 위해서는 명징한 의식을 유지하고 때로는 급류를 거슬러야 하며, 때로는 단단히 뿌리를 내려야 하기도 한다. 진정한 자연의 흐름은 그런 것이다.

우리가 살아가는 삶 속에서 반드시 성공할 필요는 없지만, 그렇다고 해서 주어진 삶의 물결에 그대로 흘러가 버려서도 안 된다. "꼭 열심히 해야 해?", "꼭 그래야 해?" 이런 말은 열심히 삶의 물결을 헤엄쳐 가는 사람의 사기를 꺾는 말이고, 휘몰아치는 물결 속에서 어떤 노력도 하지 말고 그냥 휩쓸려 가라는 뜻이 될 수도 있다. 그렇게 흘러 흘러 가 보면 낙원에 도착할 수도 있으나, 되려 소용돌이를 만날 수도 있다. (애초에 소용돌이를 만나지 않는 것이 최선이지만 혹여 만나게 된다면 반드시 흐름을 거슬러야만 소용돌이에서 탈출할 수 있다.)

어린 초등학생에게 훌륭한 사람이 되길 주문하고 성공

하길 강요하는 사회는 분명히 건강하지 못하다. 그러나 열심히 하려는 사람에게 꼭 열심히 할 필요가 있냐고, 그 저 흐름대로 가라고 말하는 사회 역시 마냥 좋은 것만은 아닐 것이다.

34

마
기
꾼

코로나바이러스가 바꾸어 놓은 삶의 풍경의 화룡점정은 역시 마스크가 아닐까 싶다. 마스크값이 금값이나 마찬가지였던 마스크 대란을 지나 이제 마스크는 생활필수품으로 자리매김했고, 코로나19 시대는 마스크 시대라고 정의해도 과언이 아니다. 마스크 시대에 들어 매우 재미있는 신조어가 하나 탄생했는데, 바로 '마기꾼'이다.

'마기꾼'은 '마스크'와 '사기꾼'의 합성어로, 마스크를 벗었을 때의 모습과 마스크를 쓰고 있을 때의 모습이 예상한 바와 많이 다를 때 사용하는 말이다. 직설적으로 말하자면, 마스크를 쓰고 있는 모습이 쓰고 있지 않는 모습에 비하면 사기처럼 느껴질 정도로 예쁘고 잘생겨 보이는 사람을 말한다. 신조어가 만들어질 정도이니 정말 많은 사람이 공감하고, 또 경험하고 있는 현상인 듯하다. 심지어 마기꾼으로 거듭나기 위한 눈화장법 등도 등장했을 정도이다. 그런데 우리는 왜 마스크를 쓴 모습이 벗은 모습에 비해 예쁘고 잘 생겼다고 느끼는 걸까?

이에 대해 여러 의견이 있다. 상대적으로 단점이 될 수 있는 부분이 가려지기 때문이라는 의견도 있고, 얼굴의

음영이 뚜렷하지 않은 사람은 입체감이 부족한데 마스크를 착용함으로써 얼굴의 밋밋함을 가릴 수 있기 때문이라는 것도 있다. 이런 의견들이 발전해서 역시 미모의 핵심은 오똑한 코, 날렵한 턱선이라는 주장도 나왔다. 여러 가지 의견이 있는데, 모두 종합해 보면, 결국 제한된 정보를 바탕으로 가장 이상적인 모습을 상상하기 때문에 마스크를 쓴 모습이 쓰지 않았을 때보다 더 낫다고 생각한다는 것이다. 마스크에 의해 가려져 있는 부분, 즉 미적 정도를 가늠하는 과정에서 비어 있는 정보를 자신이 상상할 수 있는 최상의 정보로 재구성한 결과가 '마기꾼'인 셈이다.

굉장히 그럴듯한 설명이고, 나름의 심리학적 근거를 갖고 있으니 딱히 반론을 제기하고 싶은 마음은 없지만, 꼭 그런 것만은 아닐 것이라는 생각도 한다. 개인적인 생각으로 우리의 얼굴은 요소요소 뜯어보면 하나같이 예쁘고 잘생기지 않은 부분이 없다. 마스크를 쓰지 않은 모습을 보면 다른 부분과 비교하여 눈을 평가절하할 수 있다. 가령 오똑한 코에 비해 눈이 너무 작은 것 같다거나 순한 입매에 비해 눈이 너무 옆으로 찢어져서 인상이 사나운 것 같다고 느낄 수 있다. 그러나 이런 비교 대상을 아예 마스크로 가려 버리면 우리는 있는 그대로의 눈을 바라보게 된다. 그리고 오롯한 아름다움을 느끼게 된다. 즉 위에서 이야기하는 설명이 비어 있는 부분을 가상의 정보로 채워서 아름답게 느끼게 되는 것이라고 한다면 반대로 바라보는 부분을 다른 부분과 연관 짓지 않고 오롯이 있는 그대로 바라보아 아름다움을 발견하게 될 수도 있다고 생각한다.

비어 있는 것을 추측하고 채워 넣어 상상한 아름다움이냐, 오롯이 있는 그대로 비라보아 재발견한 아름다움이냐의 문제이다. 우리를 구성하고 이루는 것들은 모두 아름답다. 기왕 마스크로 외모 자신감을 높이는 마기꾼이 될 거라면 가상의 아름다움을 상상하지 말고 내 안의 아름다움을 재발견해 보는 것은 어떨까. 나태주 시인의 말마따나 자세히 보아야 아름답다.

35

꼰대냐

나는 내향적인 성격이라 몇몇 소수의 친구들을 깊이 사귀는 편이다. 그래서 여럿이서 어울리는 친구 집단이 별로 없다. 나는 이런 나의 친구관에 만족하지만 가끔 불편함을 느낄 때가 있는데, 바로 친한 친구가 결혼을 할 때이다. 결혼식을 혼자 가는 것은 누구나 예상하듯이 쉬운 일은 아니기 때문이다.

그럼에도 불구하고 나는 홀로 초대받는 결혼식에 항상 참석한다. 그것이 친한 친구로서의 매너이고 예의이니까. 나는 어릴 때부터 (비록 나는 아직 결혼을 하지 않았지만) 결혼식을 비롯한 큰 행사 자리에 친구들이 참석하면 꼭 답례 인사를 하는 것이 예의를 지키는 일이라고 배웠다. 여전히 비슷하게 생각한다. 밥을 사는 것까지는 아니더라도, 애써 시간을 내어 행사 자리에 참석해 주었으니 고마움을 표시하는 것이 맞지 않을까.

이런 생각에 의문을 갖게 된 것은 작년 한 해, 몇몇 친구들의 결혼식에 참석한 이후다. 결혼식이 잘 끝나고, 결혼한 친구가 신혼여행에서 돌아온 뒤에도 별다른 연락이 없었다. 나는 솔직히 섭섭하게 느껴지는 마음을 또 다른 친구에게 성토했다. 본인의 결혼식에 참석했으면 나중에 인사 전화라도 해야 하는 것 아니냐고 말이다. 나는 정말 그렇게 생각한다. 바쁘고 정신없는 결혼식 직후에 연락을 해야 한다는 것은 아니지만, 어느 정도 여유가 생기면 일생일대의 기쁜 순간을 함께 축하해준 사람들을 돌아보고, 찾아준 사람들에게 가벼운 인사라도 건네야 하지 않을까?

나의 성토에 돌아온 다른 친구의 대답은 가히 충격적이었다. "꼰대냐?" 그 말을 듣고 나는 내가 꼰대인지 진지하게 고민했다. 정말 내가 '라떼 이즈 홀스(Latte is horse, 나 때는 말이야)'라는 화법만 쓰지 않을 뿐 권위적인 사고방식을 갖고 올드하게 생각하는 '꼰대'였다는 말인가?!

그날 참 많은 것에 대해 생각해 보게 되었다. 예의범절이란 사회적 합의가 이루어진 공동체 정신이라고 생각한다. 다시 말해, 자신의 결혼식에 참석한 것에 대해 감사 인사를 전하지 않은 친구가 자신이 반대 입장에 처했을 때 전혀 기분 나빠하지 않고, 이러한 사람들이 많아진다면 그것은 결혼식 참석 인사에 대한 뉴노멀이 형성된 것이다. 즉 결혼식 참석에 대해서는 별도의 인사를 하지 않아도 무방하다는 새로운 사회적 합의가 만들어졌다는 것이다. 그러나 나는 감사 인사를 기대하는 것이 잘못된 행동이라거나 허례허식이라고 생각하지 않는다. 나는 누군가 나에게 호의를 베풀면 응당 그에 대해 적극적으로 감사 인사를 할 테니까.

종종 우리의 삶을 제한하는 말들을 만나게 된다. 가령, '오글거리다'라는 말은 우리의 감성을 말살해 버렸다. 이 기괴한 신조어가 등장한 이후로, 자신의 감성을 있는 그대로 표현하는 일에 제약이 걸려 버렸다. '꼰대'라는 단어 또한 예의범절을 말살하는 단어이다. 이 '꼰대'라는 말은 사실 중년 이상의 나이 많은 남성을 의미하는 단어였는데 2010년대 중반쯤부터 권위적인 사고방식을 갖고, 이를 강요하는 어른을 지칭하게 되었다.

'라떼 이즈 홀스'라는 말부터 시작해 꼰대를 저격하는 문화가 생겨나면서 요즘 기성세대는 꼰대가 되지 않게 적잖이 노력하고 있는 것 같다. 실제로 회사에 다니고 있는 친구들의 이야기를 들어 보면 스스로 꼰대인지 아닌지 걱정하고 고민하는 상사들이 제법 많아진 것 같다. 이 '꼰대'라는 말은 더 이상 나이에 국한되지 않는다. 스무 살 파릇파릇한 청년이라 할지라도 때에 따라 주변 사람들로부터 '꼰대냐?'는 공격을 받는 경우가 흔하다. 그러나 요즘

인터넷에 올라오는 '꼰대 썰'을 보면, '자신이 시간과 에
너지를 들여 행동하기 귀찮아하는 것'에 대한 변명을 '꼰
대냐?'는 날 선 비난으로 표현할 때가 있다는 느낌을 지
울 수 없다. 이렇게 생각하는 나는 역시 어쩔 수 없는 꼰
대인가?

36

오글거리다

어릴 때부터 언젠가 꼭 소설을 쓰고 싶었다. 숨 막히는 긴장감을 자아내는 범죄 스릴러 소설도 쓰고 싶었고, 절절한 사랑 이야기도 쓰고 싶었다. 대학생 때는 블로그에 습작을 남기기도 했으나, 요즘 들어서는 습작은커녕 소설을 읽기도 힘들다. 그렇지만 꿈은 이루어진다는 말을 가슴에 담고 언젠가는 소설을 쓰겠다는 포부를 버리지는 않았다. 소설을 쓰기 위해서는 좋은 문학을 많이 읽어야 하는 것이 첫 수순일 것이다. 그리하여 올해 초 독일의 낭만주의 문학을 주제로 한 독서모임에 참여했다.

노발리스의 《푸른 꽃》으로 시작해서 괴테의 《젊은 베르테르의 슬픔》 등을 읽었고, 하인리히 하이네의 시집도 읽고 생각을 나누었다. 현대문학은 그래도 가끔 읽지만 이런 고전문학은 굉장히 오랜만에 읽어서 기대가 컸다. 무려 낭만주의 문학이니까. 그런데 어릴 때는 재미있게 읽었던 것 같은 《젊은 베르테르의 슬픔》의 베르테르가 이제 와서 읽으니 자아도취되어 감정 과잉에 빠진 젊은이처럼 느껴졌다. 한마디로 '오글거렸다'. 성인이 된 나는 이제 너무 냉소적인 것일까?

그렇게 몇 번의 모임이 지나가고 어느덧 독서모임 멤버들끼리 서로 편하게 농담도 주고받을 만큼 친해진 시기가 왔다. 제법 친해졌을 무렵 함께 읽었던 책이 바로 하인리히 하이네의 시집이었는데, 마침 다른 일이 바빴던 나는 시집을 제대로 읽지 못하고 군데군데 몇 장만 펼쳐 본 채 모임에 지각하게 되었다. 모임을 진행하는 바에 도착하자마자 다른 멤버들이 나를 보고 웃으며 이번 시집이 어땠냐고 물어보았다. "현진 님, 이번 시집 어떠셨어요? 왠지 별로 안 좋아하셨을 것 같아요!" 왜 그렇게 생각하냐고 물었더니, 한 멤버가 자신은 본래 낭만적인 문학을 무척 좋아하는데 이 시집은 낭만이 넘쳐흘러 '오글오글거려' 도저히 못 읽겠다고 하는 것이었다. 흥미로웠다. 분명히 내가 펼쳐 본 몇몇 시는 오글거린다기보다는 매우 섬세하고 표현이 아름다웠는데 말이다.

쉬는 시간에 시집을 열어 읽어 보았다. 다시 읽어도 전혀 오그라든다는 생각이 들지 않았다. 다른 멤버들에게 왜 내가 이 시집에 대해 오글거린다는 반응을 보일 것으로 생각했는지 물어보았다. 돌아온 대답은 무척 흥미로웠다. 사랑, 낭만, 별과 같은 아름다운 단어가 남용되었다고 할 정도로 많이 쓰이며 문장의 표현이 과하기 때문이라는 것이었다.

오글거린다는 것은 무엇일까? 내 기억으로 이 표현은 대략 2000년대 후반, 2007~2008년쯤부터 많이 쓰였던 것 같다. 손발이 오그라드는 모습을 형상화한 이 말을 인터넷에서 검색해 보면 어떤 말이나 행동에 대해 민망함을 느끼는 것이라고 나온다. 그러나 경험적으로 봤을 때 단순히 아무 말이나 행동에 대해 '오글거린다'는 표현을 쓰는 것 같지는 않다. 이 표현이 가장 흔하게 쓰이는 장면은 아무래도 연애 감정이 개입된 순간일 것이다. 다시 말해, 많은 사람들이 감정이 과잉된 순간을 보고 오글거린다고 하는 것 같다.

내가 생각하는 '오글거림'의 실체는 정서적 피로감인데, 다음과 같이 공식으로 표현할 수 있다.

$$오글거리다 = 타인의 \left[\frac{output(반응)}{input(자극)} \right] > 자신의 \left[\frac{output(반응)}{input(자극)} \right]$$

우리는 소설을 읽거나 영화를 볼 때면, 해당 콘텐츠의 서사와 맥락 안에서 주인공의 자취를 따라간다. 소설이나 영화는 시와는 다르게 대체로 주인공을 둘러싼 충분한 정보가 제공되는 편이다. 그렇기 때문에 소설을 읽거나 영화를 보면서 '나라도 저 주인공처럼 행동할 텐데' 또는 '나라면 저렇게 행동하지 않을 텐데' 하는 심리적 비교가 가능하다. 만약 주인공의 행동이나 발언이 내가 했음직한 행동이나 발언보다 감정적으로 과잉되어 있다고 느낀다면, 그 지점이 바로 '오글거리게' 느껴지는 부분이다. 이것은 문화 콘텐츠에만 제한되어 있지 않다. 실생활에서 A라는 사람이 B라는 사람에게 "온 우주의 별들을 모은 것보다 너 사랑하고 지구상의 바닷물이 모두 말라 버릴 때까지 사랑한다"고 고백하는 장면을 보았다고 가정해 보자. 만약 A와 B가 만나 지 일주일밖에 되지 않은 커플이라는 정보를 알고 이 장면을 목격하면, 우리는 고작 일주일밖에 만나지 않았는데 너무 과한 멘트 아니냐고 반응할지 모른다. (물론, 역설적으로 어떤 냉소적인 사람은 일주일밖에 안 되었으니 저런 말을 할 수 있겠지라고 생각할 수도 있겠다.) 그런데 만약 이들이 50년을 함께 하고 난 뒤 금혼식을 올리며 남은 생애의 사랑을 약속하는 중이었다면 어떻게 느낄까? 오히려 감동적이라고 느낄 것이다. '오글거림'이란 외부의 자극에 대해 내가 행동하거나 반응할 것 같은 예상치 이상의 행동 및 반응을 보았을 때 느끼는 정서적 피로감이다.

여기까지 생각을 정리하고 난 뒤, 또 하나의 의문이 떠올랐다. 그렇다면 나는 왜 하인리히 하이네의 시집을 읽으며 오글거림을 느끼지 못했을까? 사실 나는 시나 노래 가사를 보며 오글거린다는 생각을 해본 적이 단 한 번도 없다. 곰곰이 생각해 보니 그것은 시와 가사가 '순간의 문학'이기 때문인 듯하다. 소설이나 영화와는 다르게 시나 가사는 특정한 감정과 순간을 포착하여 전달하는 것이다. 다시 말해 앞뒤 맥락과 정보가 전달되는 양이 소설, 영화에 비해 현저히 적다. 위 공식으로 돌아가 생각해 보면 분모에 해당하는 부분이 0에 가까운 것이다. 수학에서 분모가 0인 분수를 어떻게 바라보는가? 분모가 0인 경우는 아예 정의를 하지 않는다. 다시 말해, 오글거림을 느낄 조건이 형성되지 않는다는 것이다. 생각해 보면 싱어송라이터나 시인들이 자신의 앨범이나 시집을 처음부터 끝까지 순서대로 듣거나 읽어 주길 바라는 게 어쩌면 단편적으로 느껴질 수 있는 노래와 시를 전체적인 맥락 속에서 감상하길 바라기 때문은 아닐까 하는 생각이 든다.

37

손절해

최근 한 친구에게서 매우 재미있는 이야기를 들었다. 요즘 쉽게 들을 수 있는 신조어 중 하나인 '손절'의 뜻이 '손을 떼다, 손을 끊는다'라는 것이다. 이익 실현 타이밍을 번번이 놓치는 만년 주린이인 나지만 '손절'이라는 단어가 손해(손)를 잘라(절) 끊어버리는 매도(매), 영어로는 loss cut이라는 뜻임은 확실하게 알고 있어서, '손을 끊는다니 그게 무슨 소리냐고 반문했다. '손절'은 본래 주식 시장에서 쓰이던 용어가 요 몇 년 사이 일상생활에서도 쓰이는 거라는 내 이야기를 들은 친구는 (애석하게도 이 친구는 주린이는커녕 2020년 유례없는 불기둥 한국 증시를 바라만 보고 있다가 최근에 주식 시장에 뛰어든 주생아, 즉 주식 신생아이다) '손절'이라는 단어가 요즘에는 순우리말 '손手'과 '끊을 절'을 합쳐 교제나 거래, 관계를 끊는다는 뜻으로 쓰인다고 말했다.

그날 집에 돌아와 인터넷을 찾아보니, 정말 그랬다! 최근 들어 인간관계에서 자주 쓰이는 '손절'이라는 단어의 어원은 크게 두 가지로 볼 수 있다고 하는데, 첫째가 최근 몇 년 사이 주식 시장에 뛰어드는 사람의 수가 급증하면서 주식 시장의 용어가 일상생활에서도 쓰이게 되었다는 것, 둘째가 (별로 설득력은 없는 것 같지만) '대를 이을 자손이 끊어짐'이라는 뜻에서 유래되었다는 설이다. 그리고 어원이 어찌 되었든 지금은 '손을 뗀다', '손을 끊는다'는 뜻의 은어가 되었다고 한다. 실제로 네이버 오픈사전에는 "노력해도 될 가능성이 낮은 상황일 경우 노력을 포기하고 자신의 에너지를 절약하는 행위"로 뜻풀이가 되어 있다.

'손절'이라는 단어에 대해 이렇게 한번 찾아보고 나니 새삼 이 단어기 정말 자주 쓰이고 있다는 것을 알게 되었다. 소셜 미디어는 물론이고 공중파 방송의 자막에서도 '손절'이라는 단어는 눈에 밟히는 수준이 되었다. 이 말은 대화의 주제를 막론하고 두루두루 쓰이지만, 유독 인간관계에 대해 이야기를 할 때 많이 쓰이는 것 같다. 인터넷 커뮤니티에 인간관계에 대한 고민이 올라오면 주루룩 달리는 댓글 중 태반은 '손절하라'는 내용이다. 몇 년 전에는 극심한 스트레스를 유발하는 주변인에 대해 고민하는 글이 올라오면 '머리 검은 짐승은 거두는 게 아니다', '사람은 고쳐 쓰는 게 아니다' 등의 댓글이 달렸던 것 같은데 요즘은 단순히 '손절하세요'라고 하는 것 같다. 그런데 이런 쓰임을 보면 볼수록 마음이 불편해지는 것은 왜일까?

인간관계에서 쓰이는 '손절'이라는 말은 참으로 자기중

심적이라고 생각한다. 앞서 언급한 대로 '손절'이라는 말이 쓰일 때는 '손해'가 전제되어야 한다. 즉 인간관계에서 내가 손해를 보는 것 같을 때 '손절한다'고 하는 것이다. 분명히 관계에서 손해가 생길 때도 있긴 할 것이다. 그런데 과연 관계 속에서 나는 손해만 봤을까? 그리고 나만 손해를 봤을까? 관계란 상호적인 것인데, 내가 이익을 보았던 것은 정말 단 하나도 없을까? 나는 상대방에게 손해를 끼친 적은 없을까? 인간은 누구나 자기 중심적이다. 그래서 항상 자신이 더 손해를 보는 것 같다고 생각하는 경향이 있다. 그렇기 때문에 자신이 약간은 손해를 본 것 같을 때 비로소 공평해지지 않을까?

언어는 사고의 옷이기 때문에 인간관계에 자꾸 '손절'이라는 단어를 입히다 보면, 세상의 모든 것을 경제적인 관점으로만 보게 될 것 같다. 그렇게 손절을 거듭한 뒤 남아 있는 사람은 정말 자신에게 이익만 주는 사람일까? 관성의 법칙은 물리학은 물론이고 언어와 사고에도 동일하게 적용된다. 한 번 두 번 손절을 하게 되면 그다음부터는 누군가를 손절하는 것이 별것 아닌 일처럼 느껴지게 될 것이다. 세상에 어떻게 자기 입맛에 맞는 사람하고만 지낼 수 있을까.

'손절'이라는 단어에 대해 검색하다가 흥미로운 인터뷰

를 보았다. 영화배우 김태리 씨가 브이앱을 통해 팬들의 고민 상담을 진행한 적이 있었나 보다. 20년 된 친구의 이기적인 행동으로 스트레스를 받는다는 사연이 올라왔을 때, 인터넷 댓글창은 '빠르고 단호한 손절이 정답'이라는 반응이 가득했던 것 같다. 이에 대해 김태리 씨는 잠시 시간을 갖고 거리를 두는 것을 추천한다고 말하며, 서로의 삶에 집중하다가 훗날 다시 만나면 관계가 다시 돈독해질 수 있지 않겠냐고 조언했다.

'손절'이라는 단어가 시작된 주식 시장으로 돌아가 보자. 만년 주린이인 내가 주식의 황금률을 논하는 것은 우습지만, 주식 시장에서 손절 못지않게 중요한 원칙 중 하나가 바로 가치를 믿으며 부화뇌동하지 않고 존중하며 버티는, '존버'의 자세가 아닐까. 내가 입은 손해만 생각하지 말고 내가 얻은 이익은 무엇이었는지, 내가 다른 이에게 손해를 끼치지는 않았는지, 그리고 무엇보다 내가 생각하는 이익과 손해가 당장 지금의 시점에서만 고려한 것은 아닌지 마땅히 돌아봐야 할 것이다. 지금은 스트레스를 주는 것 같은 관계도 서로를 존중하고 버티며 적당한 거리를 유지한 채 시간을 갖다 보면 어느샌가 제법 괜찮은 사이가 될지 모를 일이다.

38

세 줄 요약 좀

언제부터인지 '세 줄 요약 좀' 해달라는 말을 듣는 일이 잦아졌다. 세줄 요약. 길고 복잡한 말을 간결하게 요약해 달라는 뜻이다. '세 줄 요약'은 일상생활에서도 쓰이지만 인터넷 세계에서 더 많이 쓰이는 것 같다. 특히 다음 카페 등의 커뮤니티나 유튜브 댓글에서 쉽게 찾아볼 수 있는데, 한마디로 긴 텍스트, 긴 콘텐츠를 짧게 요약해 달라는 요청이다.

나는 '세 줄 요약'이라는 말을 들을 때마다 왜인지 모르게 '1+1과 2는 다르다'는 식의 비유가 떠오른다. 이 비유는 (사람에 따라 그 쓰임새가 다르겠지만) 보통 팀워크에 대해 말할 때 많이 쓰인다. 두 사람이 따로따로 일을 하는 것보다는 서로 협력하는 것이 그 결과가 훨씬 더 좋다는 정도의 의미를 갖는다.

며칠 전에 유튜브를 보다가 세 줄 요약을 해달라는 댓글을 봤을 때도 이 비유를 떠올렸다.

나는 유튜브 자체를 그렇게 많이 보는 편은 아니지만 요 며칠 사이 영화 요약 채널을 꽤 많이 보게 되었다. 그 계기는 실로 우스운데, 우연히 '후뢰시맨 15분 요약본'이라는 영상을 보게 되었다. 어릴 때 재미있게 봤던 추억이 떠올라서 그런지 바이오맨, 마스크맨 등등을 알고리즘의 추천을 받아 재미있게 보았다. 그 이후, 내 추천 목록에 10~15분가량의 영화 요약본들이 올라오기 시작했다. 그렇게 한 일주일 영화 요약본 콘텐츠를 봤던 것 같다.

이런 콘텐츠는 보통 영화 유튜버가 한국에 많이 알려지지 않은 영화(넷플릭스 오리지널 영화 또는 유럽권 영화, 아니면 10~20년 전 영화)를 보고 스토리라인의 핵심들만 모아 한 편의 콘텐츠로 편집한 형태이다. 대부분은 결말까지 확실하게 알려 주며, 중간중간 유튜버가 재미있는 추임새를 집어넣는다. 영상의 길이는 대개 10~15분 내외이다. 그렇기 때문에 영화 전체의 스토리를 핵심적으로 요약해야 하는데, 이 '핵심적'이라는 단어는 대부분의 경우 '자극적'이라는 단어로 치환할 수 있다. 유튜브 채널 구독자가 재미를 느낄 만한 지점들을 편집점으로 잡는 것이다.

일주일 정도 이런 요약 콘텐츠를 보고 나서, 나는 앞으로 더 이상 이런 콘텐츠는 절대로 보지 말아야겠다는 결론을 내렸다. 이런 콘텐츠가 많아질수록 우리의 문화적 수용력과 깊이는 줄어들 수밖에 없다는 생각이 들었기 때문이다. '독자'가 능동적으로 콘텐츠를 이해하고 해석하려는 노력이 설 자리는 점점 좁아지고, 그저 제삼자가 떠먹여 주는 대로 어떤 콘텐츠의 구성과 골조만을 수동적으로 받아들이게 되는 결과가 초래될 것만 같다.

영화를 비롯해 문화 콘텐츠를 감상하는 행위를 숫자에 빗대어 생각해 보자. 한 콘텐츠를 '1+1+1+1+1+1+1+1+1+1'이라는 수학적 형태로 비유한다면, 그 콘텐츠를 감상하는 행위란 첫 번째 '1'을 가만히 살펴보고, 그다음 두 번째 '1'을 바라보고, 그 두 '1'이 어떻게 '+'가 되는지, 그리고 세 번째 '1'은 어떤 모습이고 이것은 다시 어떻게 결합되는지 그 일련의 과정을 천천히 바라보는 것과 같을 것이다.

그러나, 요즘 유튜브에서 유행하는 요약 콘텐츠는 '1+1+1+1+1+1+1+1+1+1'이라는 콘텐츠를 '1+⋯1+⋯1+⋯1=10'이라고 표현하는 것과 같다. 이야기가 흘러가는 과정에서 설정상, 서사의 흐름상 중요한 몇몇 지점을 보여 주고 결과적으로 전체 모양새가 이러이러하다고 말해 주는 것이다. 예를 들어, 어떤 연인이 사랑에 빠지는 과정을 묘사한 영화를 이런 콘텐츠로 만들게 되면, 서로가 서서히 물들어가는 잔잔한 과정, 이를테면 눈빛이라거나 미묘하게 조금씩 변해 가는 태도라거나 하는 것들을 전혀 보여 줄 수가 없다(임의로 이것을 직접적으로 짚어 주는 콘텐츠도 있긴 하다. 그러나 그게 무슨 의미가 있을까).

우리가 문화 콘텐츠를 향유할 때 무엇보다 중요한 것은 디테일을 천착하는 데 있지 않을까 싶다. 그 어떤 작가도 문장 한 줄, 단어 하나를 고민 없이 의도 없이 쓰지 않는다. 영화를 찍는 감독도 마찬가지일 것이고, 영화배우들 또한 장면 하나하나에 혼신을 다하고 나름의 의도를 담았을 것이다. 그런데 이런 것들을 배제하고 이야기의 최소 플롯만 가져오는 편집본에만 익숙해지면 우리는 어쩌면 나중엔 정말 감동적인 콘텐츠를 봐도 그 감동을 느끼는 방법조차 기억하지 못하지 않을까?

이것은 시험공부를 생각해 보면 쉽게 이해된다. 핵심 요약본만 달달 외우는 공부와 수업의 전체 흐름을 기억하고 디테일을 놓치지 않는 공부에는 분명 비교할 수 없을 만큼의 수준 차이가 존재한다.

이런 영화 요약 콘텐츠를 논할 때 꼭 거론되는 사람이 바로 개그맨 김경식 씨이다. 〈출발 비디오 여행〉이라는 TV 프로그램에서 아주 쫄깃쫄깃한 말솜씨로 영화를 소개했던 그를 이야기하며, 그가 영화 요약본 콘텐츠의 시조라고 말을 하는데, 내 생각은 조금 다르다. 그가 소개했던 영화 콘텐츠는 대부분 결말을 말해 주지 않았다. 즉 대중들로 하여금 해당 영화 콘텐츠를 보러 가게 만드는, 능동적으로 즐기도록 만드는 디딤돌의 역할을 했다. 그러나 요즘 많이 보이는 영화 요약 유튜브 콘텐츠들은 결말까지 깔끔하게 다 알려 준다. 물론 결말까지 듣고도 그 영화를 찾아보는 사람은 있겠지만, 그런 사람이 많을까, 안 그런 사람이 많을까?

아마 이런 이야기를 들으면 어떤 사람들은 '유튜브 구독자들이 결말을 알고 싶어하니까 어쩔 수 없이 그렇게 만든다'고 할지도 모른다. 실제로 내가 본 콘텐츠들의 댓글을 보면 '결말을 알려 주지 않는 콘텐츠는 싫은데 결말까지 확실하게 알려 줘서 좋다'는 내용이 있었다.

그러나 저 댓글 자체가 문화 콘텐츠의 입체적 소비는 그만하겠다는 소리로 들린다고 하면 확대해석일까.

진짜 아름답고 감동적인 것은 디테일과 과정에 있다. 그리고 그 디테일을 찾고 디테일이 연결되는 과정에 초점을 맞추는 것은 다름 아닌 콘텐츠 이용자의 몫이다. 그 누구도 떠먹여 줄 수 없는 것이다.

'1+1과 2는 다르다'는 말로 돌아가 보자. 이 말은 사실 '1+1이 2보다 더 크다'는 뜻을 내포하고 있다. 나는 때때로는 전체를 세세하게 해체하여 부분을 살피고 부분 간의 유기적 결합 관계를 들여다봐야 한다고 믿는다. 유튜브 영화 요약 콘텐츠가 단순히 2를 보여 주는 거라면, 극장에서 영화를 온전히 처음부터 끝까지 다 보는 행위는 '2'라는 것을 구성하는 '1'과 '1'을 살피는 것뿐만 아니라 '1'과 '1'이 어떻게 '2'가 되어 가는지, 즉 '+'라는 과정까지 살피는 일이다.

39

통찰력 있다

두말할 것 없는 유튜브 전성시대다. 사실 유튜브 전성 시대라는 말 자체가 촌스럽게 느껴질 정도로 유튜브는 보편화되었다. 유튜브 세상에 들어가 보면 정말 별의별 상상도 하지 못한 콘텐츠들이 많은데, 그중에 진짜 신선하다고 생각했던 건 유튜브로 타로점을 쳐 주는 채널이었다. 처음에는 유튜브로 무슨 타로를 본다고 하는 것인지 도통 이해가 안 되어 코웃음만 쳤다. 뭐랄까, 사주든 타로든 자신의 앞날을 점치는 것은 큰마음을 먹고 엄숙하게 온 우주의 염원을 담아 앞날을 조금이나마 엿보려는 발칙한 시도인데, 침대에 누워 유튜브로 타로를 보겠다고? 최소한의 성의도 없군. 뭐 이런 느낌이었달까.

유튜브 타로에 대해 시니컬했던 내가 몸소 유튜브 타로 채널을 보게 된 계기는 독서 모임에서 만난 한 친구의 강력 추천 때문이었다. 그녀는 특정한 타로 유튜버를 언급하며 "아주 기가 막힌다", "내 속마음을 딱 들키는 거 같아 오히려 무서울 지경이다"라고 간증했다. 이 정도 후기를 들었으면 나도 확인해 보는 것이 인지상정, 그렇게 유튜브 타로를 보게 되었다. 오래전에 유행하던 심심풀이 심리 테스트가 생각나기도 하면서 재미가 있다고 느끼던 찰나에 내 눈길을 잡아끄는 댓글이 있었다.

"정말 잘 보시네요. 딱 맞아요."

"통찰력 있네요. 정확합니다."

"소름 돋게 맞아요."

평범한 댓글이 왜 눈을 잡아끌었냐 하면 저 댓글이 달린 유튜브 타로 영상의 주제가 '다음 달 운세', '다음 주 운세'였기 때문이다. 다음 달이든 다음 주든 우리는 한 치 앞도 알 수 없는 인생을 살고 있다. 그리고 그 한 치 앞이 궁금해서 불확실할지언정 사주든 타로든 보는 것일 텐데 자신의 미래에 대한 이야기를 어떻게 자기가 맞는지 아닌지 판단해서 말할 수 있을까.

'통찰력 있다', '맞다'라는 이야기는 어쩌면 자신이 듣고 싶은 이야기를 들었다는 반증일지 모른다. 그 사람은 그냥 듣고 싶은 이야기가 있었던 거다. 그리고 그 이야기를 들으니 그 사람의 말이 맞고 그 사람은 통찰력을 가진 사람이라고 치켜세우는 것뿐이다. (여담인데, 보통 유튜브 타로 채널은 타로카드를 다섯 묶음 정도 준비해 둔다. 시청자는 타로카드 묶음이 보이는 지점에서 잠시 영상을 멈추고 마음이 가는 묶음을 골라 해당 묶음에 대한 카드 리딩을 확인해 보는 방식이다. 흥미롭다면 흥미로운 사실 하나는 어떤 유튜브 타로 채널에서는 다섯 묶음 중 마음이 가는 묶음이 두 개라면 둘 다 봐도 된다고 한다. 그래서인지 댓글창을 보다 보면 타로카드 묶음 다섯 개 중 두세 개를 모두 확인하는 경우도 많은 듯 하다. 오지선다에서 두세 개를 골라 점을 친다니…)

이런 현상은 유튜브 타로 채널 댓글 이외에도 쉽게 관찰할 수 있다. 주식 투자에 대한 토론을 할 때도 비일비재하다. 어떤 주식이 오를지 내릴지는 아무도 알 수 없다. 그런데 자기가 보유한 주식이 오를 거라는 희망을 갖고 있을 때, 누군가 그 주식이 오를 거라고 말하며 그럴듯한 논리를 들이대면 많은 사람이 '맞다, 통찰력 있다'고 공감한다. 사실은 듣고 싶은 이야기를 들은 것뿐이면서.

심리학에는 바넘 효과라는 개념이 있다. 심리학자 포러는 1948년 그의 학생들을 대상으로 성격 검사를 실시했다. 검사에 참여한 학생들은 검사 결과지를 보고 얼마나 잘 맞는지 5점 척도로 응답할 수 있었다. 포러는 모든 학생에게 동일한 결과지를 제공했다. 위키피디아에 따르면 그 결과지는 다음과 같다.

1. 당신은 다른 사람들이 당신을 좋아하고 존경하기를 바라

는 큰 욕구를 갖고 있다.

2. 당신은 자신에게 비판적인 경향이 있다.

3. 당신은 당신에게 득이 되지 않는 상당량의 전혀 사용되지 않은 능력을 갖고 있다.

4. 당신은 다소의 성격적 결함을 갖고 있는 반면, 일반적으로 그것들을 상쇄할 수 있다.

5. 당신은 성적^{性的} 조절에 있어서 문제를 갖고 있다.

6. 외면적으로는 규칙을 따르며 자제심 있는 당신은 내면적으로는 걱정하며 불안해하는 경향이 있다.

7. 가끔 당신은 당신이 옳은 결정을 내렸는지 또는 옳은 것을 했는지에 대해 심각한 의심을 품게 된다.

8. 당신은 어느 정도의 변화와 다양성을 선호하며 구속과 규제로 갇히게 되면 불만스러울 것이다.

9. 당신은 자신이 독립적이고 자유로운 사고를 지닌 사람임을 자랑스러워하며 납득할 만한 증거가 없는 다른 사람의 말은 받아들이지 않는다.

10. 당신은 자신을 너무 솔직하게 다른 사람에게 드러내는 것은 어리석은 짓이라고 생각한다.

11. 당신은 때로는 외향적이고 친절하고 사교적이지만, 또 때로는 내향적이고 경계심이 있으며 내성적이다.

12. 당신의 임원 중 일부는 매우 비현실적인 경향이 있다.

13. 안전은 당신 삶의 주요 목표들 가운데 하나이다.

놀랍게도 학생들이 응답한 검사 결과지의 정확도는 평균 4.26점을 기록했다고 한다. 자세히 읽어 보면 알겠지만 포러가 제공한 가짜 결과지는 대부분 누구에게나 보편적으로 적용될 수 있는 내용으로, 실제로 포러는 점성술 책을 참고하여 이 내용을 구성했다고 한다. 몇 년 뒤 1956년 미국의 심리학자 폴 밀이 1800년대 후반 유명했던 서커스 단장 피니어스 테일러 바넘의 이름을 따 포러가 발견한 이 심리학적 경향성을 '바넘 효과'라 명명했다. (피니어스 테일러 바넘은 영화 〈위대한 쇼맨〉의 실존 모델이기도 하다. 그는 '우리는 모든 사람을 만족시킬 수 있는 무언가를 갖고 있습니다'라는 문구를 전면적으로 내세우는 사람이었고, 이 명제가 바로 '바넘 효과'의 핵심을 관통하는 말이다.)

내가 하고 싶은 이야기는 단순하다. 살면서 누군가의 이야기를 듣고 '정말 맞는 말이다. 통찰력 있다'는 생각이 들 때, 그 이야기가 내심 듣고 싶었던 말은 아닌지 돌아보자. 그 이야기는 자신의 확증 편향을 불러일으키는 촉매가 될 수도 있으니까.

40

그 사람의 속마음은 뭘까?

유튜브에서 타로점 영상을 몇 번 보며, 또 하나 흥미로운 점을 발견했다. 유튜브 타로카드 콘텐츠가 주로 다루는 주제를 살펴보면, 우선 가장 대중적인 주간운세 내지는 월간운세 콘텐츠가 있다. 그다음은 역시나 연애이다. 연애 콘텐츠의 내용을 살펴보면 대부분이 누군가의 속마음을, 그냥 마음도 아니고 아주 깊숙한 곳에 자리한 것처럼 들리는 '속마음'을 알고 싶어하고, 그 사람이 지금 무슨 생각을 하고 있을지 궁금해한다.

조금 도발적인 발언일 수 있는데, 내가 좋아하는 사람의 속마음을 아는 것이 무슨 의미가 있나 싶다. 보통 이런 콘텐츠를 보며 파악해 보고 싶은 상대는 아직은 연인이 아닌 사람, 즉 내가 좋아하는 사람일 것이다. 그 사람의 속마음을 알면 무엇이 달라질까? 나한테 관심이 없다고 한다면 좋아하는 마음을 접을 것인가? 그 사람이 나를 좋아하는 것은 아니지만 어느 정도 호감은 있다고 하면 적극적으로 밀어붙일 것인가? 그 사람을 향한 애정과 관심이 타로카드의 조언에 따라 행동이 달라질 만큼이었던 것인가? 내 연애에 있어서는 내 코가 석자이지만, 친구들

연애에 대한 조언에 한해서는 당장 돗자리를 깔아도 된다는 말을 듣는 평범한 대한민국 남성으로서 감히 연애 조언을 해 보자면, 자신의 행동이 상대방에게 부담으로 다가가지 않도록 배려하는 것은 언제나 옳지만, 자신의 마음에 충실한 것이 가장 중요하지 않을까 싶다. 자신의 마음을 솔직하게 전달하는 것만큼 매력적인 것은 없다. 아무리 타로카드의 조언을 듣고, 이런저런 연애 기술을 써보려 해도 진실한 마음 앞에서는 무용지물이다.

중국 무협소설의 금자탑《영웅문》은 정말이지 불세출의 걸작이다(현재는《사조영웅전》이라는 제목으로 재출간됐다). 어릴 때부터 이 책을 몇 번이나 반복해서 읽었는지 모르겠다. 어릴 때는 무공이 난무하고 주인공이 영웅이 되어가는 과정에만 눈을 빼앗겼지만, 성인이 되어 읽어 본《영웅문》은 인간사의 고뇌와 그것을 대하는 삶의 자세와 철학을 깊이 있게 다루고 있었다. 과연 김용 선생님의 신필이라는 별명이 무색하지 않다. 아직도 기억하고 있는, 아니 단순하게 기억하고 있는 것을 넘어 내 삶의 태도에 큰 영향을 준 장면이 있다. 이야기의 초반, 아직은 실력이 부족한 주인공 곽정이 절정고수 홍칠공을 만나 항룡십팔장을 배우는 부분인데, 다음과 같은 대사가 나온다. (참고로, 대사에 나오는 허초는 가짜, 실초는 진짜를 의미한다고 생각하면 된다.)

"상대방의 무공은 허초가 실초보다 몇 배나 더 많기 때문에 속아 넘어갈 수밖에 없다. 네가 진짜라고 생각하면, 상대는 가짜로 속일 거고, 네가 가짜라고 생각하면 의표를 찔러 진짜로 공격해 올 것이다. 그러므로 상대를 이기고 싶다면 진짜든 가짜든 상관하지 않는 게 유일한 방법이다. 상대가 진짜여도 좋고, 가짜여도 좋다. 우직하게 이 무공만 쓰면 되는 거야. 그럼 상대의 무공을 깨게 된다."

연애관계를 포함하여 우리가 살아가면서 맺는 많은 대인관계는 진짜와 가짜가 뒤섞여 있다. 그리고 우리는 매번 무엇이 진짜이고 가짜인지 판단하려고 한다. 그러나 우리가 진짜라고 생각했던 것들이 알고 보면 가짜이고 가짜라고 생각했던 것들이 실은 진짜인 경우는 너무나 많다. 무엇보다 세상에는 가짜가 진짜보다 훨씬 많다. 그렇기 때문에 우리는 속아 넘어갈 수밖에 없다.

이런 상황을 현명하게 이끌어 가는 방법은 다름 아닌 매번 진짜라고 생각하고 진심을 다하는 것이다. 대인관계에서 상대방의 속마음을 억지로 파악하고 판단하려고 하는 것은 별로 현명한 자세는 아니라고 생각한다. 섣부른 판단은 결국 자기 꾀에 자기가 넘어가도록 만들 뿐이다. 상대방의 본심이 무엇이든 간에 스스로 진심을 다한다면, 그 관계를 이끌어 가는 것은 다름 아닌 '내'가 될 것이다.

언젠가 요가 수업을 들을 때, 매우 신기한 이야기를 들은 적이 있다. 우리의 몸은 진동으로 이루어져 있는데 진동은 크기에 따라 상하 관계가 있기에, 우리는 주변의 강한 진동으로 끌려간다는 것이다. 예를 들어, 아직 때 묻지 않은 활발한 어린아이들은 진동의 크기가 어른들보다 크기 때문에, 어른들이 아이들을 데리고 놀다 보면 금방 기가 '빨린다'고 한다. 나의 진동이 크다는 것은 무엇일까? 이미 절정고수 홍칠공께서 말씀하신 바와 같다. 주변 환경의 변화에 일일이 대응하지 않고 단단한 마음을 굳게 유지하는 것이 진동을 크게 만드는 방법이 아닐까. 그리고 이것이 흔히 말하는 끌어당김의 법칙일 것이다. 우리는 인간관계에서, 특히 연애관계에서 뜻대로 되지 않아 많은 고통을 겪는다. 그럴 때 대부분은 상대방에게 초점을 맞추고 어떻게 하면 상대의 마음을 얻을 수 있을까 노심초사하지만, (많은 사람이 경험적으로 알고 있듯) 오히려 자기 자신에게 집중하고 여유를 가지면 상대방은 끌려오게 된다.

순류에 역류를 일으킬 때 즉각 반응하는 것은 어리석다. 거기에 휘말리면 나를 잃고 상대의 흐름에 이끌려 순식간에 국면의 주도권을 넘겨주게 된다. 상대가 역류를 일으켰을 때 나의 순류를 그대로 유지하는 것은 상대의 처지에서 보면 역류가 된다. 그러니 나의 흐름을 흔들림 없이 견지하는 자세야말로 최고의 방어 수단이자 공격 수단이 되기도 하는 것이다. _바둑기사 이창호 9단

41

나한테 해를 끼칠지도 모른다

"그게 기준인 거네요. 나한테 해를 끼칠지도 모른다는 거."

예전에 독서 모임에서 동성애에 대해 다룬 적이 있었다. 여러 가지 흥미로운 이야기가 오갔지만 1년이 넘게 흐른 지금까지도 기억이 나는 내용은 성소수자에 대한 것이었다. 누군가 주변에 성소수자가 있다면 어떠할 것 같냐는 질문을 했다. 남성 멤버 A는 이에 대해 크게 개의치 않겠지만 성소수자가 있다는 것을 알게 된다면 자신의 말과 행동에서 약간의 검열이 생길 것 같다는 말을 했다.

개인적으로 이 또한 매우 포비아적인 발언이라고 생각한다. 저 이야기는 어찌 보면 이미 성소수자 차별적 발언을 하고 있었다는 말처럼 들리니까.

뭐, 이 얘기가 중요한 것이 아니다. 위 질문에 대해 또 다른 남성 멤버 B는 만약 주변의 남자 성소수자가 자신을 좋아하지만 않으면 상관없다고 했다. 성소수자가 자신을 좋아하는 것과 좋아하지 않는 것이 어떤 차이가 있는지 물었더니 만약 성소수자가 자신을 좋아한다면, 그 성소수자가 자신을 덮칠 수도 있다는 것 아니냐는 답이 돌아왔다. 자신을 덮칠 수도 있으니 그게 무섭다는 뜻이었다. 이 말은 들은 한 친구가 정확히 짚었다. "그게 기준인 거네요. 나한테 해를 끼칠지도 모른다는 거."

여성은 기본적으로 우리 남성보다 물리적으로 약한 편이기에 어떤 여성이 나를 성적 대상으로 바라본다고 하더라도 남성이 물리적 공포심을 느끼는 경우는 드물다. 그러나 만약 나를 성적 대상으로 여기는 누군가가 나보다 물리력이 강할 가능성이 상당히 높다면, 나에게 해를 끼칠 수도 있다는 생각을 충분히 할 수 있음직하다.

결국 성별이 중요한 게 아니라 나보다 물리력이 강하냐 약하냐의 문제가 된다. 극단적으로 말해 나보다 물리력이 훨씬 강한 여성이 나를 스토킹한다면 그 역시 나에게 해를 끼칠 수 있는 공포스러운 상황이 될 수 있는 것은 마찬가지이다.

이 지점에서 우리가 생각해 봐야 하는 것은 남성이 쉽게 느끼기 어려운 이런 공포를 여성들은 거의 매일 느끼고 있을지도 모른다는 점이다. 다시 말해, 우리 남성은 일반적으로 어떤 여성이 나를 좋아한다고 해서 그 여성이 나를 물리적으로 제압해 해를 끼치리라고 생각하지는 않는다. 내가 물리적으로 더 강하니까. 그러나 성별이 동일한 남성이 나를 좋아한다고 하면 은연중에 나에게 해를 끼칠 수 있다는 경각심이 들 수 있다. 그에게 제압당할 가능성을 무시하기 어렵기 때문이다.

이것을 여성의 입장에서 생각해 보자. 여성은 어떻게 보면 사회생활을 하면서 만나는 뭇 남성들로부터 적지 않은 빈도로 이런 공포를 겪어야 하는 입장이다. 물리적으로 힘이 약하니까. 데이트 폭력이라는 말이 항상 남성이 여성에게 가한 폭력만을 의미하지는 않지만, 데이트 폭력이라는 말을 들었을 때 직관적으로 남성이 여성에게 가한 폭력이 떠오르는 것이 이를 방증한다.

많은 남성이 놓치고 있는 부분 중 하나가 바로 '물리적인 힘의 차이'라고 생각한다. 몇 달 전 참석했던 모임에서 여성이 지하철이나 버스에서 성추행범을 만났을 때 필요한 행동 프로토콜에 대한 이야기를 들었다. 가령, 영상을 촬영하거나 사진을 찍어 증거를 남기고 주변에 도움을 요청해야 한다는 것들 말이다.

내 머릿속에 있던 프로토콜은 당연히 1)증거 확보, 2)신고였다. 그런데 막상 여성의 입장에서 생각하는 프로토콜은 중간에 한 단계가 더 필요했다. 바로 '안전거리 확보'였다. 정리하자면 이렇다.

1) 증거 확보

2) 물리적 안전거리 확보

3) 신고

이 이야기를 들으면서 아무리 내가 여성의 입장에서 생각하려고 해도 놓치는 부분이 있다는 것을 다시금 깨달았다. 나는 기본적으로 남성이고 물리적인 힘을 갖고 있기에, 성추행범이 나에게 위해를 가할 수 있다는 생각을 못했던 것이다. 당연히 나는 나 스스로를 보호할 수 있다고 생각했던 것 같다. 그런데 여성 입장에서 보면 반드시 의식적으로 안전거리를 확보해야 한다. 성추행범이 또 다른 물리적 위협을 할 수 있으니까.

사람은 살아가면서 많은 위협에 노출되어 있다. 가령 고려시대, 조선시대에는 밤길에 호랑이를 만나는 호환이 무서웠을 것이다. 현대 사회에 와서도 교통사고를 비롯한 여러 가지 위협이 우리 주변에 도사리고 있다. 2021년 현재는 코로나바이러스가 우리 모두를 위협한다. 그런데 여성의 주변에는 남성보다 사회적 위협이 한 가지 더 있다. 바로 남성이 가진 물리적 힘이다.

성 인지 감수성이 갈수록 중요해지는 시대이다. 남성이

성 인지 감수성을 기르기 위해서는 스스로 위협의 대상이 되었을 때의 느낌을, 즉 공포를 느껴 봐야 할 것이다. 극단적인 발언이긴 하지만, 전 세계에서 가장 유명한 패션 디자이너 중 한 명인 톰 포드는 과거 〈GQ〉지와의 인터뷰에서 모든 남자들이 섹스를 할 때 한번쯤은 삽입을 당해 봐야 한다고 말했다. 톰 포드는 그렇게 함으로써 남성은 여성을 더 이해할 수 있다고 했다. 삽입을 당한다는 것은 (반드시 물리적인 차원이 아니더라도) 매우 수동적인 위치에 놓이게 되는 것인데, 이것은 일종의 공격을 받는 것과도 같다고 말하며, 바로 그 순간에 공격을 당하는 처지에 놓인 여성에 대한 이해가 생긴다고 말했다.

누군가에게는 이 역시 여성을 수동적인 존재로만 보는 관점이라는 한계가 있을 수 있으나, 톰 포드가 과격하게 주장하는 바의 핵심은 우리 사회에서는 성적 관계 차원을 넘어 세상 전반의 구조적인 관점에서 봤을 때 여성은 남성에 비해 공격과 위협을 당하는 수동적인 자리에 위치하게 되는 경우가 많다는 점일 것이다. 그렇기 때문에 성적 관계라고 하는 가장 사적인 순간에 매우 수동적인 위치에 놓여봄으로써, 성적 차원을 넘어 여성들이 세상을 살아가며 수시로 맞닥뜨려야 하는 '저항하기 어렵고, 위협을 느끼는' 처지를 이해할 수 있게 된다는 것 아닐까?

남성은 자신이 누군가를 공격하는 행위를 실제로 옮길 수 있는 물리적 우월성을 갖고 있다는 사실을 미처 인지하지 못하고 있는 경우가 많다.

남성은 살아가면서 자신이 물리적 우월성으로 누군가를 공격할 수 있다는 사실을 인지하지 못하는 것은 물론이고 누군가 자신을 성적으로 공격할 것 같다는 공포조차 느끼기 쉽지 않다. 그러나 여성은 그런 공포감을 남성보다 모르긴 몰라도 100배는 더 많이 느끼고 있을 것이다. 여성이 느끼는 사회적 위협의 가짓수는 남성보다 한 가지가 더 있다. 그것은 다름 아닌 우리 남성의 물리력이다. 물리력이 우위에 있다면 그 힘이 누군가에게 위협적으로 다가갈 수 있다는 점을 이해하고 받아들여야 한다. 〈스파이더맨〉에 나오는 명대사처럼 "큰 힘에는 큰 책임이 따른다."

5장. 눈치 없이

가치를 몰랐던 말

42

슬픔을 익사시키다

요즘 틈틈이 시간을 내서 영어 공부를 하고 있다. 가볍게 영어 텍스트를 읽으면서 어려운 문장이나 표현을 곱씹어 보는 방식으로 공부를 하고 있는데, 종종 이런저런 생각을 불러일으키는 표현을 알게 된다. 며칠 전 발견한 흥미로운 문장은 'drown one's sorrow'이다.

'drown one's sorrow'를 사전에서 찾아보면 'to drink alcohol in order to forget one's problems'라고 나온다. 엄밀히 말하면 슬픔 등의 문제를 잊기 위해 술을 마신다는 뜻인데, 구글링을 해 보면 '술을 마신다'보다는 '슬픔 등의 문제를 잊기 위해'라는 지점에 방점이 찍히는 것 같다. 그래서인지 네이버 사전을 찾아보면 간략하게 '슬픔을 달래다'라고 나온다.

직역하자면, '슬픔을 익사시키다' 정도 된다. 그런데 '죽음'을 의미하는 단어는 '익사' 말고도 많은데 왜 '익사'라는 단어를 선택했을까?

이것은 아무래도 쉽게 사라지지 않는 슬픔의 속성 때문이지 싶다. 우리는 살아가면서 많은 슬픔을 겪는다. 그리고 슬픔의 감정은 너무나도 거대하기 때문에 슬픔을 느낄 때면 어떻게든 달래고 어루만지려고 한다. 나도 마찬가지이다. 슬픈 일이 생기면 맛있는 음식을 먹거나 일부러라도 운동을 해서 슬픔을 달래고 잊으려고 한다. 혹자는 술을 마시는 사람도 있을 테고.

그런데 요새는 슬픔이라는 것은 본질적으로 달랠 수가 없는 것 같다는 생각이 든다. 언젠가는 사라지긴 하지만, 그 과정이 너무나 고통스럽다. 마치 몸부림치다가 숨이 끊기는 '익사'처럼 슬픔은 언젠가는 우리 곁을 떠나지만, 떠나기 직전까지 우리를 괴롭힌다.

멕시코의 화가 프리다 칼로는 다음과 같이 말했다.

I tried to drown my sorrows, but the bastards learned how to swim.

(나는 슬픔을 익사시키려고 했지만, 이 녀석들은 헤엄치는 법을 배워버렸지.)

"슬픔을 익사시키다." 슬픔도 돌연사하거나 아사해 버리면 얼마나 좋을까. 그러나 슬픔은 달래려고 해도 쉽게 떠나가지 않는다. 어떻게든 헤엄치는 법을 배워 우리를 괴롭힌다. 물론 슬픔이라는 것은 결국에 익사해 버리고 말 것이지만, 그 과정에는 숨 막히는 괴로움이 요구될 것이며, 그것은 슬픔을 겪는 당사자의 몫이다. 미치도록 끔찍한 과정을 겪어야만 슬픔이 사라지는 것이다. 그래서인지 이 표현만큼은 한국어보다 영어가 슬픔의 본질을 보다 깊이 있게 꿰뚫었다는 생각이 든다.

43

대다수에 들어가다

내친김에 흥미로운 영어 한 문장에 대해 더 써보고 싶다. 앞서 이야기한 '슬픔을 익사시킨다'는 표현을 보면서 '죽음'과 관련된 영어 문장을 찾아보았는데, 그중 눈에 들어오는 표현이 하나 있었다.

"join the great majority."

단어 뜻대로 보자면 '대다수에 들어가다' 정도의 뜻으로 이해되는 이 문장이 어떻게 죽음과 관련이 있는 것일까? 이 표현에 대해 찾아보면, 이 문장 자체는 1700년대 초반에 활동했던 에드워드 영이라는 시인이 처음 사용했으며(원문: Life is the desert, life the solitude; Death joins us to the great majority), 죽은 자를 '대다수'로 바라보는 관점은 고대 로마의 정치가이자 작가였던 가이우스 페트로니우스 아르비테르가 시초였다고 한다(원문: He has joined the great majority). 탁월한 예술적 안목을 가진 로마의 집정관으로서 네로의 총애를 받아 많은 판결에 관여할 정도였던 그는 나중에 '품위 있는 판관'이라는 별명을 얻었다고 한다. (여담으로, 현대 영어에서 '결정권자'를 의미하는 'arbiter'는 그의 이름에서 유래한 단어이다.) 모르긴 몰라도 그는 죽음을 슬픈 것으로 바라보는 대신 숫자가 더 많은 집단에 합류하는 일종의 여행으로 바라보지 않았을까. 품위 있는 판관다운 낭만적인 발상이 아닐 수 없다.

일전에 tvn의 예능 프로그램 〈알쓸범잡〉에서 지금까지 지구상에 살았던 모든 인류의 수는 약 10의 11승, 즉 대략 1,000억 명 정도 된다고 하는 장면을 보다가, 이 영어 표현이 뇌리를 스쳤다. 보다 구체적인 자료가 궁금하여 "How many people have lived on earth?"라고 구글에 검색해 보니 미국 국립 의학도서관 사이트*에서 1995년에 발표된 관련 논문을 찾을 수 있었다. 지구상에 인류가 존재했던 시간과 각 시대별 평균적인 총 인구수를 요인으로 삼는 수리적 모델을 세워 지금껏 존재했던 인구수를 추측한 연구에 따르면, 이 지구 위에서 삶을 보낸 인류의 수는 약 1,050억 명으로 추산된다고 한다. 현시점의 인구 또한 다시 한번 검색해 보았는데, 인구 데이터를 실시간으로 보여 주는 미국 인구조사국에 따르면 현재 시점에 살아 있는 인구수는 약 78억 명 정도이니, 현재 삶을 살아가고 있는 사람보다 이미 죽은 사람의 수가 훨씬 많다는 (어찌 보면 지극히 당연한) 결론에 다다르게 된다. 즉

* https://pubmed.ncbi.nlm.nih.gov/12288594/

'join the great majority'라는 표현은 물리적으로 지극히 옳은 표현이기도 하다.

그런데 이 표현을 한번 역으로 생각해 보고 싶다. 죽어서 대다수에 속하게 되기도 하지만, 대다수에 속함으로써 죽는 것은 아닐까. 때때로 삶이 너무 고달프고 지칠 때면 그냥 사회의 대다수에 속해서 그저 그렇게 평범하게 살아가고, 아니 살아지고 싶다는 생각을 한다. 대다수에 휩쓸려 그저 그렇게 살아지고 싶다는 것. 이렇게 생각하는 것 자체가 어쩌면 내 영혼이 시들고 말라 비틀어져 가고 있다는 죽음의 신호가 아닐까 싶다.

44

농장을 사다

죽음에 대한 흥미로운 영어 문장은 몇 가지 더 있었는데, 그중 하나는 며칠 전 왠지 모르게 초라하게 느껴졌던 나 자신을 떠올리게 만들었다. '농장을 사다'라고 번역할 수 있는 'buy the farm'이 바로 그것인데, 이 역시 '죽다'라는 뜻이다. (영영사전을 조금 더 구체적으로 찾아보면 사고 등에 의해 갑자기 죽게 되는 경우 또는 처참하게 죽는 경우에 자주 쓰이지만, 일반적인 의미의 '죽다'로도 많이 쓰인다고 한다.) 농장을 사는 것과 죽는 것이 무슨 관계일까? 앞서 다룬 'join the great majority'의 경우 그 뜻을 알고 나서는 잘은 모르지만 왠지 '죽음'을 말하는 문장으로 자연스럽다는 '느낌적인 느낌'을 받았지만, 'buy the farm'은 그 뜻을 알아도 그것의 유래는 짐작조차 하기 어려웠다.

찾아보니 'buy the farm'이 죽음을 의미하게 된 이유를 설명하는 설은 몇 가지가 있다. 이 문장의 역사를 거슬러 올라가 보면 1955년 미국 군부대에서 처음 쓰인 기록이 있다고 한다. 비행기를 타고 매일같이 절체절명의 위기와 싸워야 하는 전투기 조종사들이 전쟁터에서 은퇴하고 가족들과 함께 평화로운 농장에 정착하는 것을 꿈꾸는 것에서 이 표현이 시작되었다는 것이다. 입버릇처럼 농장을 마련해 은퇴하고 싶다고 말하던 파일럿이 전투 중 농장으로 추락하여 전사할 때 동료들이 "He bought the farm early(그 친구, 농장을 일찍 사버렸네)"라고 말하던 것에서 '농장을 사다'가 '죽다'라는 뜻을 지니게 되었다는 설이 가장 합리적으로 보인다. 이 외에, 파일럿이 교전 중 사망하면 유족들은 막대한 사망 보험금을 받는데, 주로 이 돈을 집안의 빚을 갚고 농장을 사는 데 썼다는 데서 유래했다는 이야기도 있다.

비하인드 스토리를 알고 보니, 'buy the farm'이 말하는 죽음은 왠지 모르게 최종적으로 하고 싶었던 일을 하게 되는 것이라는 생각이 든다. 참 서글프다. 그토록 바라던 것을 죽고 나서야 비로소 하게 되다니 말이다. 아마 목숨을 걸고 전투기를 몰던 조종사들은 농장을 사는 것, 즉 그들이 가장 바라는 행복을 계속 미래로 미뤄 뒀을 것이다. 그들이 일부러 미뤄 두지는 않았을 것이고 피치 못한 사정으로 어쩔 수 없이 그래야만 했을 것이다. 그러나 현재의 행복을 자의든 타의든 미래로 미루다 비극을 맞이하는 이야기는 나를 생각에 잠기게 했다.

몇 년 전만 해도 옷을 갖춰 입는 데 관심이 정말 많았다. 그러나 요 몇 년 새 들어서는 옷을 제대로 갖춰 입을 일이 거의 없었다. 특히 코로나바이러스 사태 이후로는 거의 이메일로 커뮤니케이션을 하기 때문에 다른 사람을 만날 일이 별로 없으니까 말이다. 더구나 내향적인 성격으로 친구를 자주 만나지도 않는다.

이렇게 옷에 신경을 안 쓰기 시작하자 점점 더 외모를 가꾸는 것 자체에 신경을 쓰지 않게 되었다. 예전에는 꼬박꼬박 바버숍에 가서 머리를 신경 써서 자르고 이것저것 스타일링을 해 보곤 했는데, 요새는 왁스, 포마드는 언감생심 꺼내지도 않는다. 머리 자르는 게 귀찮아서 그냥 대충 길러서 산발을 하고 다니고 있다.

그런데 이렇게 나를 방치하는 것도 정도가 있지, 이번 달 들어서는 머리와 수염도 너무 덥수룩한 데다가 티셔츠는 항상 마라톤 대회 나가서 받은 것, 바지는 요가복만 입고 다니다 보니 사람 꼴이 아닌 것 같아 오랜만에 바버숍을 다녀왔다. 거의 두 시간에 걸쳐 머리도 다듬고 셰이빙도 하고 그랬는데, 확실히 끝나고 나니까 훨씬 멀끔해 보였다. 전체적으로 깔끔하게 머리 모양을 잡은 뒤 원체 많은 머리숱도 좀 정리하고 덥수룩한 옆머리도 깔끔하게 쳐냈다. 두서없이 무성하게 자라던 수염도 싹 밀어 버렸다. 이에 대해 가족들도 훨씬 보기 좋다고 말하고, 지인들도 그렇게 말한다.

괜히 기분이 좋아졌다. 주변 사람들의 긍정적인 피드백 때문에 기분이 좋아진 것은 아니었다. 그냥 나 스스로 나를 조금 더 케어해 주고, 이뻐해 주는 듯한 느낌이었달까. 스탕달이 말했듯 '아름다움은 행복의 약속'이다. 나를 조금 더 아름답게 가꾸고, 내 주변을 아름답게 가꾸는 것은 행복으로 가는 여러 갈래 길 중 하나이다.

사실 그동안 스스로를 가꾸는 것에 무심했던 이유가 '단순히 귀찮아서'뿐만은 아니었다. 우선은, 아무래도 회사를 그만두고 나서 수입이 줄어들어 상대적으로 고가인 바버숍을 자주 가는 것이 조금 부담스러웠던 것이 사실이었다. 그리고 글을 쓰거나 번역을 하는 일들은 아무래도 얼마나 시간을 투입하냐가 중요한데, 이런 관점에서 나를 꾸미는 것에 그렇게 오랜 시간(바버숍 한 번 다녀오면 한나절은 훌쩍 지나간다)을 투입하는 것도 약간 망설여지긴 했다. 종합하자면 한마디로 이런저런 현실을 고려했을 때, 나를 꾸미는 것은 지금의 나에겐 좀 사치가 아닐는지 하는 마음이었다. 그리고 그 뒤를 따르는 생각은, 지금보다 여러모로 상황이 나아지면 다시 말해 조금 더 경제적으로 풍요로워지고 시간적 여유가 생기면 그땐 적어도 예전에 회사를 다닐 때만큼은 꾸미고 신경 쓰고 다녀야겠다는 것이었다. 돌이켜보면, 나의 행복을 미래로 미뤄 두었던 것 같다. 지금은 여유가 없지만 나중에 여유가 조금 생기면 내 삶 속에 아름다움을 만들고, 행복을 만들어야겠다는 생각이었겠지.

갑자기 김용 선생님의 대하소설 《천룡팔부》가 생각난다. 소설 속 여러 빌런 중 하나인 모용복은 몰락한 왕가의 후예로 평생의 목표가 무너진 왕가를 재건하는 것이다. 소설의 후반부에서 서하국이라고 하는 나라의 공주가 신랑감을 공개적으로 찾는 이벤트를 연다. 신랑감을 찾는 방법은 '일생에서 가장 행복한 때가 언제였냐'는 공주의 질문에 대답하는 것이었는데, 이에 대해 모용복은 대략 "내가 생각하는 행복은 지금 여기에 없소. 내가 몰락한 왕가를 재건하고 나면 그때 행복이 찾아올 것이오. 나의 행복은 미래에 있소"라고 답한다. 모용복과 지금의 내 모습은 별반 다르지 않은 듯하다. 지금을 누리지 못하는 행복이 과연 진짜 행복일까 싶다. 하물며 타의도 아닌 자의로 현재의 행복을 미루는 것만큼 어리석은 일은 없다. 뒤늦게 농장을 사지 않으려면 현재의 행복을 미뤄서는 안 될 것이다.

45

우아하다

일상적으로 많이 쓰이는데 그 정확한 뜻이 뭐냐고 물어보면 콕 집어 말하기 모호한 단어들이 몇 있다. 나에게 있어 그런 단어 중 하나는 바로 '우아하다'이다.

'우아하다.' 보통 우아한 사람이 되고 싶다거나, 우아한 삶을 살고 싶다거나 또는 분위기가 우아하다 정도로 쓰이는 이 말을 들으면 왠지 말수가 많지 않고, 침착하고, 고급스러우면서도 약간은 신비로운 듯한, 쉽게 범접할 수 없는 인상 같은 것이 떠오른다. 생각하면 할수록 알쏭달쏭한 '우아하다'는 말은 도대체 무슨 뜻일지 항상 궁금했는데, 며칠 전 영어 공부를 하다가 나름의 정의를 내리게 되었다.

'우아하다'는 말을 표현하는 영어 단어는 'elegant'이다. 이 단어의 어원이 상당히 재미있는데, 고대 라틴어로 거슬러 올라가면 '과일을 따고 나무를 뽑아 버리다'라는 의미의 'eligere'가 그 어원이었다고 한다. 처음 이 내용을 읽을 때는 '과일을 따고 나무를 뽑아 버리는' 것과 우아함이 어떤 관계를 갖고 있는지 잘 이해가 안 되어서 옥스퍼드 어원사전을 좀 더 찾아보니 그 이유를 알 수 있었다.

과일을 따고 나무를 뽑아 버리는 'eligere'에서 파생된 단어가 'elegantem'이라는 단어인데, 이것의 뜻은 'choice, fine, tasteful', 즉 '선택, 훌륭한, 화려한' 정도의 의미였다고 한다. 이 'elegantem'이 15세기에 와서 중세 프랑스어에서는 '아취를 갖고 화려한, 우아한' 등의 뜻이 되었다는 것이다.

정리해 보자면 이렇다. 우아한 것이란, 과일이 주렁주렁 열린 나무에서 어떤 과일을 딸지 고심하여 '선택'한 결과값이다. 즉 우아한 삶을 만드는 것은 나의 주체적인 선택이라는 의미 아닐까.

'elegant'라는 단어에 대해 찾아보다가 또 다른 흥미로운 사실을 발견했다. 현대 영어에서 'elegant'의 유의어로 가장 자주 쓰이는 단어 중 하나는 'stylish'이다. 이 'style'이라는 단어의 어원 또한 매우 흥미로운데, 고대 라틴어에서 펜촉처럼 글을 쓸 수 있는 뾰족한 도구를 의미하던 'stilus'가 14세기 초 중세 프랑스어에 와서 펜, 필체, 문체, 나아가 삶의 방식 등의 의미로까지 확장되었다는 것이다. 이 역시 'elegant'와 그 궤를 같이한다. 무엇보다 우아하고 스타일리시한 삶은 다름 아닌 자신의 선택이라는 펜으로 하루하루 자신만의 삶을 써 내려가는 것 아닐까 싶다.

46

이야기된 불행은 불행이 아니다

"이야기된 불행은 불행이 아니다." 이 구절을 읽을 때면 떠오르는 기억이 있다.

"저는 이번 주에 집에 가기 싫어요."

"뭐?! 왜??"

고등학교를 다닐 당시 3년 내내 기숙사 생활을 하면서 항상 바라던 것은 수능을 잘 보는 것 말고는 오로지 집에 가는 것밖에 없었다. 내가 다녔던 고등학교는 야간자율학습을 비롯한 학생 관리의 강도가 세기로 유명했다. 평일에는 오후 4시쯤 정규 수업을 마치고 두 시간 동안 보충 수업을 한 뒤 석식을 먹고 나서 밤 12시까지 야간자율학습을 해야 했다. 토요일 같은 경우는 아침 9시부터 밤 12시까지 점심 한 시간, 저녁 한 시간을 제외하면 계속 자율학습을 해야 했고, 일요일도 종교활동을 허락한다는 이유로 오전 자유시간을 준 것을 제외하면 오후 1시부터 밤 12시까지 자습이 계속됐다. 집에 가는 것은 오직 한 달에 한 번 허락되는 월례 행사였는데, 사실 그마저도 2학년 정도 되면 자발적으로 기숙사에 남아서 공부하는 학생들이 대다수였다. 나와 친구들 역시 2학년이 되면서부터 집에 가는 빈도가 두세 달에 한 번으로 줄긴 했으나, 집에 가고 싶다는 말은 입에 달고 살았던 것 같다.

그러던 어느 날, 나는 절친한 친구 K, 한 학년 아래 후배 Y와 함께 점심을 먹고 있었다. 마침 그때는 귀가가 예정되어 있던 주였는데, 나와 K는 집에 가고는 싶지만 다가올 모의고사를 걱정하며 주말에도 자율학습을 하기로 결정했던 터라 Y에게 집에 가게 되어 부럽다는 말을 건네었다. 그런데 돌아온 Y의 대답은 전혀 예상치 못하게도 그 주만큼은 집에 가고 싶지 않다는 것이었다. 왜 그러냐는 질문과 함께, 2학년이 되면 집에 가고 싶어도 자습해야 해서 못 가니 갈 수 있을 때 많이 가라는 어린 꼰대 같은 조언을 했고, 그에 이어지는 Y의 대답은 계속해서 의외였다.

"이번 주말에 아빠 오시거든요. 전 아빠 싫어해요. 그래서 이번 주엔 집에 가기 싫어요."

Y의 아버지는 직업 군인이셨는데, 그 때문인지 꽤 엄하셨던 것 같다. 엄한 아버지 때문에 집에 가기 싫다는 말에 나는 겉으로 티를 내지는 않았지만 속으로는 크게 공감했다. 나의 아버지 역시 너무나 엄하고 무서워서 집에 갈 때면 아버지가 외출하셨기를 바란 적이 있었으니까. 식사

를 마치고 Y가 먼저 자리를 떴다. Y의 모습이 사라지자마자 나의 가장 친한 친구인 K가 불편한 기색으로 말을 꺼냈다.

"어떻게 쟤는 자기 아버지를 저렇게 말하냐? 자기 아버지 싫다는 말을 어떻게 하지?"

순간, '뜨끔!' 했다. 평소에 침착하고 순하기만 하던 K가 불편한 기색을 완연하게 드러내는 모습은 처음이었다. 그 모습을 보며 역시 아버지를 싫어한다는 말은 다른 사람에게 절대 해서는 안 되는 종류의 것이라는 생각이 들었다. 한 마디로 '내 얼굴에 침 뱉기'의 대표적인 발언이랄까.

그 일 이후, 나는 항상 어딜 가서든 아버지와의 관계가 살갑지 않다는 사실을 숨기는 데 급급했고, 시간이 지날수록 아버지와의 불편하고 어색한 관계는 개선되기는커녕 조금씩 악화되는 것 같았다.

그렇게 시간이 꽤 흐른 뒤, 대학생이 되어 모종의 기회로 심리상담을 받게 되었다. 비록 6회기밖에 안 되는 짧은 상담이었지만 그 가운데서도 상담사 선생님께서는 따뜻한 조언을 적극적으로 해 주셨는데, 그중 가장 의미가 있었던 것은 트라우마는 타인에게 드러낼수록 약화된다는 말씀이었다. 고등학교 때의 일 이후로, 나는 항상 아버지와의 관계가 좋은 척을 했었는데, 따뜻한 상담사 선생님을 만나게 되어 난생 처음으로 아버지와의 관계가 좋지 않다고, 너무 엄하고 무서워서 불편하다고 털어놓을 수 있었다. 그리고 이렇게 누군가에게 아버지와의 관계에 대해 솔직히 털어놓는 것은 처음이라고 덧붙였는데, 이에 대해 선생님께서는 솔직히 조금 놀랍다며 트라우마는 꽁꽁 억누르기보다 겉으로 표현하면 할수록 점점 깨진다고 말씀하시며, 다른 사람에게도 한번 털어놓아 볼 것을 권하셨다. 다른 때였으면 그냥 흘려들었을 조언이지만, 그때는 조금 달랐다. 정말 용기를 내어 친한 사람에게 나의 솔직한 마음을 털어놓고 싶었다.

며칠 뒤 K와 맥주를 한 잔 마시면서 어렵사리 이야기를 꺼냈다. 고등학교 때 Y와 같이 점심을 먹었던 일 기억나냐고. K는 당연히 기억이 나지 않는다고 말했고, 나는 Y와 같이 점심을 먹으며 어떤 이야기가 오갔는지 천천히 입을 열었다. 내가 최근 심리상담을 받으며 어떤 조언을 들었고, 왜 고등학교 때의 이야기를 다시 꺼내게 되었는지 그 경위를 설명했다. 묵묵히 내 이야기를 듣던 K의 대답은 사뭇 나를 놀라게 했다.

"나는 그런 일이 있었던 게 기억이 나지는 않아. 그렇지만 내가 그 당시에 그렇게 말했다면, 나도 그때는 아버지가 너무 싫어서 오히려 그렇게 말했을 거야. 나도 그땐 그랬거든."

정말 예상할 수 없는 대답이었다. 그리고 이 대답을 들으며 나는 긴 시간 동안 아버지와의 관계를 꾸며 내야만 한다는, 그렇지 않으면 가장 절친한 친구로부터 비난을 받게 될 거라는 공포에서 해방될 수 있었다. 이야기된 불행은 불행이 아니며, 그럼으로써 행복이 설 자리가 생긴다던 이성복 시인의 말씀처럼 내가 용기를 내어 털어놓은 불행은 더 이상 불행이 아니게 되었고, 그럼으로써 행복과 자유가 들어섰다.

그날 이후, 불행을 겪을 때면 혼자 끙끙 앓지 않으려고 한다. 주변 사람에게 그들이 감정의 쓰레기통인 것처럼 시시콜콜한 것까지 다 털어 내며 그들을 괴롭혀서는 안 되겠지만, 혼자 충분히 겪은 불행이라면 주변 사람에게 용기 내어 꺼내 보려고 한다. 이야기는 불행에 날개를 달아 멀리 날아가게 만든다는 사실을 몸소 경험했으니까.

47

TV 속으로 들어가

며칠 전에 고향에 다녀왔다.

아직도 버스가 한 시간에 한 대밖에 다니지 않는 시골이라 고향 가는 길이 쉽지만은 않지만 그래도 갈 때마다 마음도 편해지고 어머니가 해 주시는 맛있는 밥이 있어서 참 좋다. 나는 고등학생 때부터 타지역에서 지냈기 때문에 고향에 가도 딱히 만날 친구가 없다. 그래서 고향에 가면 그냥 가족들과 같이 밥을 먹고 수다를 조금 떨다가 일찍 자는 편이다.

저녁 식사 후에 수다를 떠는 시간은 매우 소중하다. 서울에서 지내면서 어머니께 이틀에 한 번 정도는 꼬박꼬박 전화를 드리는 편이긴 하지만, 역시 한 공간에 있는 것에 비할 수는 없다. 그런데 이번에는 생각보다 수다를 많이 떨지 못했다. 보통은 저녁을 먹고 식탁을 치운 뒤 그 자리에 앉아 주전부리를 먹으며 수다를 떠는 것이 우리 가족의 전통이라면 전통인데, 이번엔 식탁을 치우더니 어머니가 노트북을 여셨다. 나는 개의치 않고 이런저런 이야기를 꺼냈는데, 웬일인지 자꾸 건성으로 대답하시면서 내 이야기를 한 귀로 듣고 한 귀로 흘리시는 것 같았다.

"엄마! 도대체 뭘 그렇게 보는 거야?" 알고 보니 어머니는 이미 방영한 지 10년도 더 된 〈시크릿 가든〉을 보고 계셨다. 한국 드라마는 잘 보시지도 않는 분이 요즘 드라마도 아니고 10년 전 드라마에 빠지신 건지 자꾸 대화를 하려고 해도 노트북 화면만 쳐다보면서 혼자 키득키득 깔깔깔 웃으셨다.

아니, 아무리 현빈이 잘 생겼어도 아들이 오랜만에 왔는데 아들과의 대화보다 드라마가 더 재미있단 말인가! 우리 어머니 역시 여느 여성과 마찬가지로 멀티태스킹에 능하시기에, 드라마를 보면서도 나와의 대화를 간간이 이어 나가셨다. 그러나 나는 나에게 오롯이 집중해 주지 않는 어머니에게 드라마는 나중에 보면 안 되냐며 괜한 볼멘소리를 하기도 하고 투정을 부리다가, "아, 진짜 그러다가 노트북 속으로 들어가겠네, 아주 들어가겠어! 됐어, 나중에 이야기해!" 하고 말해 버렸다. 드라마가 그렇게 재미있을까?!

처음에는 좀 서운했으나, 아랑곳하지 않고 노트북 화면에 집중하며 배실배실 웃으시는 모습을 보며 불현듯 나의 어릴 적 모습이 떠올랐다.

나도 어릴 때 TV 보는 것을 참 좋아했다. 아직도 〈사이버 포뮬러〉, 〈로봇수사대 K-캅스〉, 〈천사소녀 네티〉와 같은 만화영화들이 생각난다. 나는 만화영화를 볼 때 정말 문자 그대로 옆에서 누가 불러도 모를 정도로 집중해서 봤는데, 그래서인지 엄마가 밥 먹으라고 나를 불러도 못 알아듣고 TV만 보던 경우가 비일비재했다. 그럴 때마다 엄마가 자주 하시던 말씀이 "아주 TV 속으로 들어가겠다! 그게 그렇게 재미있어?"였다.

그 당시엔 TV 좀 그만 보라는 반어법이 섞인 핀잔이라 생각했는데, 내가 엄마에게 같은 말을 하고 보니, 어쩌면 그때 그 말은 '엄마에게 관심을 줘'라는 뜻이 아니었을까 싶다. 20년이 넘게 지나서야 나는 그 말 속에 담겼던 엄마의 마음을 감히 추측해 본다. 돌이켜보면 엄마는 나에게 여러 번 그런 질문을 던졌던 것 같다. 집에 내려와서도 내가 책을 읽어야 한다고 책만 붙잡고 있거나 친구랑 할 이야기가 있다고 스마트폰을 붙잡고 있을 때면 "그게 그렇게 재미있어? 그러다가 속으로 들어가겠어"라고 말이다. 그 모든 말들이 어쩌면 엄마와 시간을 조금 더 보내지 않겠냐는 뜻이 아니었을까.

다음에 집에 내려가면 엄마 옆에 찰싹 달라붙어 있어야겠다.

48

저기요

2019년 한국에서는 처음 개최된 '원더러스트'는 글로벌 웰니스wellness 페스티벌, 즉 요가를 비롯한 다양한 웰니스 프로그램이 마련되어 있는 페스티벌이었다. 사실 나는 그 흔한 음악 페스티벌도 가 본 적이 단 한 번도 없다. 원체 내향적인 편이라 그렇게 활기차고 북적거리는 곳은 꺼리는 편이다. 그런데 그때에는 그냥 뭔가에 홀린 듯, 그저 요가 관련 행사라니까 신청하게 되었고, 8월 24일 아침 8시부터 난지 한강공원으로 향했다.

아무리 해가 일찍 뜨는 한여름이라지만, 꽤 이른 시간인데도 상당히 많은 인파가 몰렸던 기억이 난다. 건강미 넘치는 요기니(여성 요가 수련자)들이 70퍼센트, 날렵한 근육을 자랑하는 요기(남성 요가 수련자)들이 20퍼센트, 행사 관계자들로 보이는 사람들이 5퍼센트, 그리고 나를 포함해 약간은 쑥스러운 듯 멋쩍어하는 사람들이 5퍼센트. 대략 이런 구성이지 않았을까. 원더러스트는 정말 음악 페스티벌처럼 대형 무대가 있고, 시간대별로 각기 특색을 지닌 요가 선생님들이 70~90분에 걸쳐 수업을 리드하는 형태였다. 즉 하늘이 그대로 보이는 야외에서 요가 수련을 하는 셈이다.

　오전 9시 클래스는 미국에서 오신 에너지 넘치는 리나 선생님의 수업이었다. 몸의 활기를 일깨우는 빈야사 수련이었는데, 확실히 미국인 특유의 긍정적인 에너지가 넘치는 분이었다. 여기서 한 가지 에피소드가 있었는데, 갑자기 옆에 있는 사람과 한 명씩 짝을 지어 보라고 하는 거다! 물론 아크로 요가 같은 경우에는 짝을 지어 파트너와 함께 수련하기도 한다. 문제는 내가 행사에 혼자 참석한 초보 요기였고, 무척이나 내향적이라는 점이었다! 이런 페스티벌은 대개 그렇듯, 원더러스트에도 많은 사람이 친구들과 함께 삼삼오오 온 것 같았다. 혼자 왔다 하더라도 혼자 온 여성 참가자들끼리는 금방 짝을 잘 찾는 것 같았는데, 나는 그저 어찌할 바를 모르고 고개만 두리번거리고 있었다. (이제 와서 생각해 보건대, 내가 혼자 온 남자여서 더 뻘쭘한 것도 있었고, 아무래도 요가를 진지하게 대한 지 얼마 되지 않아 자신감이 조금 부족해서 더 쑥스러웠던 것도 있었던 것 같다.)

　그런데 내 뒤로 몇 줄 떨어져 있는 곳에서 어떤 여자 참가자가 다가오더니 내 어깨를 툭툭 치고 "저희랑 같이해요"라고 말씀하시는 것이었다. 조금 더 구체적으로 설명하자면 다음과 같다.

○ ○ ○ ○ ○ ○ ○

○ ○ ○ 나 ○ ○ ○ ○

○ ○ ○ ○ ○ ○ ○

○ ○ ○ ○ ○ ○ ○ ○

○ ○ ○ ○ ○ ○ ○ ○

○ ○ ☆ ☆ ○ ○ ○ ○

　대략 위와 같은 그림이었다. 나를 기준으로 바로 뒤도 아니고 네다섯 줄은 뒤에 계셨던 분께서 내가 어찌할 바를 모르고 있자 선뜻 호의를 베푸신 거다. 심지어 그분은 혼자 온 것도 아니고, 친구와 함께 온 상황이었다. 다시 말해, 친구와 함께 와서 같이 짝을 지을 사람도 있고, 나와 물리적 거리가 꽤 떨어져 있는데도 나에게 선뜻 호의를 베풀어 주신 것이다! 그렇게 그분을 따라 자리를 옮기고 난 뒤에도 원체 내향적인 나는 약간 어색해했는데, 그런 나를 편하게 해 주시려는 듯 "저는 박지현이라고 해요. 만나서 반가워요" 하며 먼저 인사해주셨다. 그렇게 인사를 나누고, 같이 열심히 빈야사 수련을 마친 뒤, 가볍게 목례를 하고 자리를 옮겼다. 덕분에 내 인생 처음으로 참

여해 본 요가 페스티벌의 첫 시작이 아직도 기분 좋게 기억된다.

나는 숫기가 없고 내향적이어서 먼저 호의를 베풀고 싶어도 그러지 못하는 경우가 많았다. 이를테면, 비가 많이 오는 날 지하철에서 내려 출구로 올라갈 때 우산이 없어 발을 구르고 있는 사람을 보면 선뜻 우선을 같이 쓰자고 청하고 싶어도, 괜히 민망해서, 나를 이상한 사람으로 생각할까 봐 등등 여러 이유로 호의를 베풀지 못한 적이 많았다. "저기요"라는 말 한 마디만 하면 되는데, 그 말 한 마디를 건네지 못했다. 바로 옆에 있는 사람에게 호의를 베푸는 것도 용기가 필요하다.

원더러스트의 이야기로 돌아가서, 나의 바로 옆에 있는 분이 나에게 그런 호의를 베풀었더라도 물론 매우 고마웠겠지만 이처럼 기억에 강렬하게 남아 있진 않을 것 같다. 그때 박지현 씨는 나보다 몇 줄이나 뒤에 있었는데, 내가 잘 보이지도 않았을 텐데 기꺼이 호의를 베풀어 주었다. 아직도 그 호의가 너무나 따뜻하게 느껴진다. 아마 이날을 기점으로 나도 주변 사람에게 호의를 베푸는 것에 조금 더 용기를 갖게 된 것 같다. 이것은 내가 요가를 하면서 경험한 가장 따뜻한 이야기이다.

원더러스트에서 저에게 먼저 호의를 베풀어 준 박지현 씨, 잘 지내시나요? 그때 정말 고마웠어요.

"할 말은 만치만 여기까지다"

글을 쓰는 일을 좋아한다. 당연한 말이지만 글에는 여러 종류가 있다. 크게는 문학과 비문학으로 나눌 수 있고, 또 문학은 운문, 산문 등으로 나뉘며 비문학은 논설문, 설명문 등등으로 분류된다. 각각의 글은 다 제 나름의 목적과 특징을 갖고 있으나, 수많은 글의 종류 중 가장 특별한 것은 역시 편지라고 생각한다.

편지. 안부, 소식, 용무 따위를 적어 보내는 글.

내가 생각하기에 편지가 특별한 이유는 단 한 명의 독

자를 대상으로 쓰는 글이기 때문이다. 물론 다수를 향해 띄우는 편지도 있기는 하겠지만, 기본적으로 편지의 독자는 특정하게 정해져 있는 한 사람이다. 다시 말해, 편지라는 것은 이 지구 위 78억 인구 중 단 한 사람만을 위해 쓴 글이다. 이렇게 편지를 둘러싼 맥락부터가 얼마나 낭만적인가.

그런데, 편지는 그렇기에 쓰기 어렵다. 불특정 다수를 고려하여 글을 쓰거나, 특정한 정보 전달이나 설득을 목적으로 쓰는 글은 목적이 명확하니까 상대적으로 글을 쓰기 수월하다. 그에 반해 편지는, 물론 편지를 쓰는 사람 나름의 목적이 존재하겠지만, 한 사람에게 맞춰서 그 사람만을 위해 글을 쓰다 보니 오히려 글을 써 내려가는 것이 쉽지 않다. 편지라는 것은 참 묘해서 한번 편지를 쓰려고 펜을 잡으면 어떨 때는 무슨 말을 써야 할지 몰라 간신히 몇 줄 채우는 것도 힘든데, 또 어떨 때는 쓰고 싶은 말이 너무 많아 이것저것 다 쓰다 보면 도대체 무슨 말을 하고 싶은 건지 중언부언하는 내용이 되기도 한다.

기본적으로 편지를 받아볼 때의 입장에서 생각해 보면 편지의 양 그러니까 글의 길이가 긴 것이 대체로 좋았던 기억에 편지를 쓸 때는 어떻게든 길게 써 보려고 하는 편이다. 아마 이것은 내 개인적인 의견만은 아니라고 생각되는데, 가령 회사에서 이메일을 보낼 때도 너무 짧으면 성의가 없는 것 아닌가 하는 생각에 괜히 미사여구를 추가하기도 하고, 연인 사이에서는 편지의 길이 아니 편지지장수가 애정의 척도가 되기도 하지 않은가. 연인에게 편지를 보낼 때면 편지봉투가 두툼해질 정도로 길게 쓰는 것을 나름의 자랑으로 생각했던 나인데, 이런 생각에 관점의 획기적인 전환을 가져온 일이 있었다.

나에게는 열세 살 어린 동생이 있다. 동생은 올해 스무살이 되었다. 스무 살. 말만 들어도 참 설레는 나이이다. 특히 1월에 태어난 그녀는 해가 바뀌면서 목전에 다가온생일을 앞두고 이번 생일에는 꼭 손편지를 받고 싶다고 노래를 불렀다. 할머니, 엄마, 아빠, 누나 그리고 나에게 수시로 편지를 기대한다는 압박 아닌 압박을 주었다. 서울에 살고 있는 나는 동생의 생일 전날 A4 용지로 두 장에달하는 긴 편지를 썼다. 내가 동생을 얼마나 사랑하는지, 동생의 스무 살을 얼마나 축하하는지, 앞으로 동생에게펼쳐질 미래를 얼마나 그리고 어떻게 응원하는지를 꾹꾹눌러썼고, 생일날 무사히 전달하고 서울로 돌아왔다. 며칠 뒤 다시 고향에 내려갈 일이 있어서 볼일을 보고 고향

집에 갔다. 동생과 누나와 간식을 먹다가 문득 물어봤다. "누구 편지가 제일 감동적이었어?" 내심 '오빠'라는 대답을 기대하면서. 그런데 동생의 대답은 바로 '할머니'였다. 할머니의 편지가 너무 감동적이어서 눈물까지 나올 뻔했다는 것이다. 그리고 옆에서 누나까지 할머니가 쓰신 편지가 정말 너무 감동적이었다고 맞장구를 쳤다.

궁금해진 나는 나도 그 편지를 볼 수 있냐고 물었고, 동생은 이내 방에 들어가 무언가를 가져다 주었다.

꼬깃하게 접힌 작은 메모지에 쓰여 있는 삐뚤빼뚤한 글씨의 짧은 편지. "할 말은 많지만, 여기까지다. 할머니가 잘 못해." 이 짧은 문장에서 나는 무한한 사랑의 마음을 읽었다. 그리고 고작 A4 용지 두 장짜리 편지를 쓰고 동생에게 감동을 기대한 내가 부끄러워졌다.

독일의 대문호 괴테는 여동생에게 편지를 쓰며 시간이 없어서 길게 썼다고 했으며, 미국의 작가 마크 트웨인 또한 시간이 더 있었다면 더 짧은 편지를 썼을 거라는 말을 남겼다고 한다. 또 프랑스의 철학자 파스칼 역시 "이 편지를 짧게 쓸 시간이 없어 길게 쓰는 것을 양해해 주게"라는 말을 남겼다고 한다. (사실 이 인용구의 기원은 불분명하다. 이미 널리 퍼져 누가 이 말의 시초였는지 따질 수 없을 정도라고.) 아무튼 세계 각지 불세출의 작가들이 공통적으로 이야기하는 것은 공을 들여야만 간결하고 짧은 편지가 나온다는 것이다.

할머니의 편지에 대해 누나는 증언했다. 동생의 생일을 앞두고 몇 날 며칠 동안 할머니께서 은근히 압박을 받는 것 같았다고. 올해 아흔이 넘으신 할머니는 한글을 읽을 수 있고, 저렇게 감동적인 편지까지 쓰실 수 있지만 내심 자신이 없고 부담감을 느끼셨던 것이리라. 그러나 할머니가 저렇게 짧게 쓴 편지에는 90년이 넘는 세월을 살아오시며 할머니의 자녀를, 그리고 손주들을 사랑해온 마음이 가득하게 담겨 있었다. 비록 그 길이는 짧을지라도, 편지의 무게, 농도만큼은 나의 얄팍한 글솜씨로 채운 두 장짜리 편지와는 비교도 안 될 정도로 무겁고 짙었다.

이 세상에 존재하는 단 한 사람에게 띄우는 글. 그 글은 대개 길어야 한다고 생각하지만, 그렇지 않아도 상대에게 깊은 울림을 줄 수 있다는 사실을 할머니의 편지는 다시금 증명하였다.

DoM 006

알쏭달쏭하다가 기분이 묘해지고 급기야 이불킥을 날리게 되는 말
참 눈치 없는 언어들

초판 1쇄 발행   2021년 10월 28일
초판 2쇄 발행   2021년 12월 10일

지은이 안현진
펴낸이 최만규
펴낸곳 월요일의꿈
출판등록 제25100-2020-000035호
연락처 010-3061-4655
이메일 dom@mondaydream.co.kr

ISBN 979-11-92044-00-2 03810
© 안현진, 2021

'월요일의꿈'은 일상에 지쳐 마음의 여유를 잃은 이들에게 일상의 의미와 희망을 되새기고 싶다는 마음으로 지은 이름입니다. 월요일의꿈의 로고인 '도도한 느림보'는 세상의 속도가 아닌 나만의 속도로 하루하루를 당당하게, 도도하게 살아가는 것도 괜찮다는 뜻을 담았습니다.
"조금 느리면 어떤가요? 나에게 맞는 속도라면, 세상에 작은 행복을 선물하는 방향이라면 그게 일상의 의미이자 행복이 아닐까요?" 이런 마음을 담은 알찬 내용의 원고를 기다리고 있습니다. 기획 의도와 간단한 개요를 연락처와 함께 dokim@mondaydream.co.kr로 보내주시기 바랍니다.